# 離開漁村以後

李有成 著

# 「浮羅人文書系」編輯前言

高嘉謙

島嶼，相對於大陸是邊緣或邊陲，這是地理學視野下的認知。但從人文地理和地緣政治而言，島嶼自然可以是中心，一個帶有意義的「地方」(place)，或現象學意義上的「場所」(site)，展示其存在位置及主體性。從島嶼往外跨足，由近海到遠洋，面向淺灘、海灣、海峽，或礁島、群島、半島，點與點的鏈接，帶我們跨入廣袤和不同的海陸區域、季風地帶。但回看島嶼方位，我們探問的是一種攸關存在、感知、生活的立足點和視點，一種從島嶼外延的追尋。

臺灣孤懸中國大陸南方海角一隅，北邊有琉球、日本，南方則是菲律賓群島。臺灣有漢人與漢文化的播遷、繼承與新創，然而同時作為南島文化圈的一環，臺灣可辨識存在過的南島語就有二十八種之多，在語言學和人類學家眼中，臺灣甚至是南島語族的原鄉。這說明自古早時期，臺灣島的外延意義，不始於大航海時代荷蘭和西班牙的短暫占領，以及明鄭時期接軌日本、中國和東南亞的海上貿易圈，而有更早南島語族的跨海遷徙。這是一種移動的世界觀，在模糊的疆界和邊域裡遷徙、游移。透過歷史的縱深，自我觀照，探索外邊的文化與知識創造，形塑了值得我們重新省思的島嶼精神。

在南島語系裡，馬來—玻里尼西亞語族（Proto-Malayo-Polynesian）稱呼島嶼有一組相近的名稱。馬來語稱pulau，印尼爪哇的巽他族（Sundanese）稱pulo，菲律賓呂宋島使用的他加祿語（Tagalog）也稱pulo，菲律賓的伊洛卡諾語（Ilocano）則稱puro。這些詞彙都可以音譯為中文的「浮羅」一詞。換言之，浮羅人文，等同於島嶼人文，補上了一個南島視點。

以浮羅人文為書系命名，其實另有島鏈，或島線的涵義。在冷戰期間的島鏈（island chain）有其戰略意義，目的在於圍堵或防衛，封鎖社會主義政治和思潮的擴張。諸如屬於第一島鏈的臺灣，就在冷戰氛圍裡接受了美援文化。但從文化意義而言，島鏈作為一種跨海域的島嶼連結，也啟動了地緣知識、區域研究、地方風土的知識體系的建構。在這層意義上，浮羅人文的積極意義，正是從島嶼走向他方，展開知識的連結與播遷。

本書系強調的是海洋視角，從陸地往離岸的遠海，在海洋之間尋找支點，接連另一片陸地，重新扎根再遷徙，走出一個文化與文明世界。這類似早期南島文化的播遷，從島嶼出發，沿航路移動，文化循線交融與生根，視野超越陸地疆界，跨海和越境締造知識的新視野。

高嘉謙
國立臺灣大學中國文學系副教授，著有《遺民、疆界與現代性：漢詩的南方離散與抒情（一八九五—一九四五）》、《國族與歷史的隱喻：近現代武俠傳奇的精神史考察（一八九五—一九四九）》、《馬華文學批評大系：高嘉謙》、《海國詩路：東亞航道與南洋風土》等。

目次

第二部分

## 學院。舞臺。市街。公寓

總編輯序

# 船歌行——從漁村來的遊子

座落在大安區的大安森林公園，老樹蒼翠，小橋流水，很多人在觀鳥臺架著望遠鏡觀賞珍奇飛禽，魚兒池裏游，烏龜潛浮水面。日落黃昏，傍晚時分，公園裏都有人在運動、散步。如果這時候你經過，會看到一隻全白的馬爾濟斯犬在奔跑，後面跟著一位銀白髮默默慢走的身影。不知是人遛狗，或是狗遛人？不知者以為是尋常百姓。知其者就曉得原來是學者詩人李有成老師固定在這時間遛他心愛的巧巧，風雨不改(除了颱風)，十年如故。

李有成教授，我們有時戲稱李老太爺，原因是他德高望重，年長我們非常多，在臺灣學界和臺馬文壇地位更是難望其項背。李老師循循善誘態度，溫柔敦厚個性，論學識涵養為我輩中人之翹楚。

李老師出道甚早，年輕時以詩作著稱，筆名李蒼，在《學生周報》和《蕉風》發表作品，深獲許多作家和副刊主編肯定，日後他一度擔任重要文學雜誌《蕉風》的編輯，是憑藉其文學造詣，日後締造了豐厚的學問成就。當我們談論從獨立前後的馬來亞，或馬來西亞成立後的馬華現代主義文學，到臺灣的現代主義文學，文學史不能略過李有成這個名字。

一九七〇年李老師抵臺。一九七五年他從國立臺灣師範大學英語系畢業，後考進國立臺灣大學外文研究所，一九八〇與一九八六年獲得碩士與博士學位。李老師與其他馬華人在臺灣的經歷有所不同，念碩士班時就進入中央研究院歐美研究所（一九九一年前叫美國文化研究所）擔任約用助理員，直至助理研究員、副研究員、研究員、祕書組主任、李遠哲院長特別助理、歐美研究所所長、特聘研究員，到退休後被聘為兼任研究員也有將近五十年，過去十來年更身兼傑出人才發展基金會執行長，大半輩子為學界服務。比起同代中人或已停筆，或已不問世事，止於研究，李老師迄今仍關心人文學術發展，詩文創作不輟。

李老師早期從事非裔美國文學研究，著力於非裔美國文學理論與自傳。後來專研後殖民理論與法蘭克福學派後，在學術理論與文學批評上做了調整，改變他日後的研究方向。二十世紀九〇年代初，李老師與他在歐美研究所文學領域的同事一起推動亞裔美國文學研究，為臺灣外文學界奠定了亞裔美國文學研究的基礎。近十年來李老師將研究領域逐漸轉向當代英國小說，例如諾貝爾文學獎得主石黑一雄，就是其研究對象之一。寫在家國以外，離散與文化研究，非裔或亞裔美國文學，或後來在臺／在馬的馬華文學，李老師的精闢見解，可見於其專論中，對臺灣學界貢獻甚大。

李老師向來提攜和關心晚輩，許多學生受惠於他的教誨。我雖非他的學生，但這十幾二十年來也一直得到其照顧。馬華人在臺相互交友取暖，有緣千里來相會，我在他處已多次論及，此不贅述。李老師談笑風生，人生經歷豐富，見多識廣。每每馬來四友聚會，談是論事、非黑即白，葷腥不忌，政治與文學，生活與遛狗，皆為桌上佳話。大家都知道李老師有一隻愛犬巧巧，陪主人筆墨耕耘。李老師的作品，巧巧皆是他抱在懷中的第一位讀者，包括本書。

《離開漁村以後》是李老師憶師憶友，徬徨少年時的六十餘年文學記憶，情真意摯。從馬來半島北部一個偏遠的小漁村，到臺灣求學、扎根，由島至島，李老師有如荷馬筆下的奧德修斯，行行重行行，他的求學歷程、文學之旅、家國記憶，反映了馬華人在臺灣從花果飄零到落地生根的歷史變遷。

當我敲鍵盤輸入這篇拙文的第一個字時，腦海中迴盪起齊豫的〈船歌〉。姐兒頭上戴著杜鵑花，迎著風兒隨浪逐彩霞，船兒搖過春水不說話，漁鄉溫柔何處是我家。誰的船歌唱得聲悠悠，故鄉溫柔來到臺北天涼的秋。〈船歌〉是電影《八兩金》的主題曲。電影中歸鄉的八兩金（洪金寶飾）陪同烏嘴婆（張艾嘉飾）出嫁，目送張燈結綵掛囍吹樂的送嫁船往下游方向划去。青梅竹馬的她隨著未婚夫即將越洋，移居變移民。〈船歌〉吹奏起八兩金遊子歸鄉，去年今日此門中，人面不知何處去，道盡物是人非的惆悵。羅大佑作的詞曲特別感人。我改了歌詞中的幾個字，反而讓這首歌的畫面叫我想起二〇二三年七月，李有成教授、王德威院士、作家張貴興、高嘉謙教授和我結伴同往檳城、怡保、吉隆坡時，特別安排包車，一路顛簸北上吉打州小城雙溪大年（Sungai Petani）附近的漁村班茶（Tanjung Dawai）。那是李老師出生成長讀小學的地方。他走在前方尋尋覓覓，沿途介紹熟悉的風景。

大疫解禁，歸鄉心切。近鄉情怯或情切，溢於言表。回家的步履最是艱難。少小離家老大回，二十二歲出門遠行，鄉音無改鬢毛衰。原鄉已變異國，他鄉權作家鄉。多年以後，再次踏足故土，遠山近水，遠山還是原山，近水還是熟悉的味道嗎？回首來時路依舊，漁獲的腥味，斑駁的碼頭，椰林深處有老家。李老師的背影讓我難忘。歸去，也無風雨也無晴，一簑煙雨任平生。但為故園，沉吟至今。

胡金倫

二〇二五年二月二十四日

自序

# 敘事散文的鄉愁

在散文中，詩人總是在哀悼已經失去的伊甸園；懇求記憶說話，或者哭泣。

——蘇珊．桑塔格

記憶中應該是一九七九年的春天，蘇珊．桑塔格（Susan Sontag）有亞洲之行，主要是赴日本訪問，返回美國之前曾經在臺北稍作停留，並且在美國駐臺文化單位安排之下，參訪中央研究院美國文化研究所（一九九一年易名歐美研究所），當晚所裏幾位長輩與她餐敘，我有幸同桌作陪。那時臺北東區尚未發展，我記得用餐選在西門町的一家餐廳，就在如今已經歇業的來來百貨公司樓上。其時我只讀過桑塔格的《反對詮釋及其他》（*Against Interpretation and Other Essays*）一書中的部分文章，此外就是她那篇寫於越戰期間，引發軒然大波的〈河內行〉（"Trip to Hanoi"）。席間她對臺灣的政經情勢多所詢問，我年紀最輕，只是在旁專心吃飯靜聽。這是我唯一的一次見過桑塔格。往後我陸續讀過她的一些著作，主要集中在她的論說專著與文集，以及她在二〇〇四年離世後出版的日記與筆記。後來我讀到她的兒子大衛．瑞夫（David Rieff）所寫的《死海泅泳：一個兒子的回憶錄》（*Swimming in a Sea of Death: A Son's Memoir*），才知道她早在一九七五年就已經被診斷罹患乳腺癌，只是她嚴禁家人談論她的病情。一九七九年那次臺北之行，我見她談笑風生，看起來身體相當硬朗，完全不像是位正在接受治療的癌症患者。

在她棄世之前，我讀到她的文集《重點之所在》（*Where the Stress Falls*）。這是一本西方文學傳統定義下的散文集，沒有統一的主題，所論天南地北，內容龐雜，談書，談電影，談作家，談舞蹈，談攝影，談旅行，談導戲，不一而足，書中甚至還收入她致波赫士（Jorge Luis Borges）的一封信——寫於一九九六年六月十三日，正好是波赫士逝世十週年的忌日前夕，當然是一封無法投寄的信，桑塔格只不過想藉波赫士的大名抒發心中塊壘。她頌讚波赫士的真知灼見：「你在某處說過，一位作家……不管在他或她身上發生什麼事，都應該將之視為資源。」——波赫士其實說的是自己的視障問題，他自五十八歲之後雙目完全失明。桑塔格還在信中對波赫士說：「你給予人們新的想像方式，同時一再宣示我們如何受惠於過去，尤其受惠於文學。你說過幾乎我們現在與過去所有的一切都得歸功於文學。如果書籍消失了，歷史將會消失，人類也會跟著消失。……書籍不僅僅是我們的夢想和記憶任意的總和。書籍也給予我們自我超越的模式。有些人認為閱讀只是某種逃避，從『真實的』日常世界逃避到一個虛幻的世界，書籍的世界。書籍遠甚於此。書籍是使人之所以全然為人的一種方式。」桑塔格顯然刻意藉由波赫士為書籍——尤其是文學——的存在辯護。她憂心的是，「書籍如今已被視為瀕臨絕滅的物種。」而她所謂的書籍還涉及「使文學與其靈魂效應成為可能的閱讀條件。」她對波赫士說——這是她寫信的重點：「有人告訴我們，不久我們就可以從『書籍屏幕』(bookscreens) 喚出所需要的任何『文本』，而且還能夠改變此文本的樣貌，向其提問，並與其『互動』。當書籍變成我們依據實用的標準與其『互動』的

『文本』時，書寫文字就只能淪為我們被廣告驅動的電視實境的另一個層面。」桑塔格語帶諷刺地告訴波赫士，「到了這個時候，就沒有放火焚書的必要了。野蠻人不需要燒書了。」雖然書籍——以及閱讀本身——命運岌岌可危，但是她向波赫士保證，「我們之中的某些人絕對不會遺棄偉大的圖書館。」波赫士也會「繼續成為我們的庇護者與英雄」。桑塔格此處之所以特意提到圖書館，緣於波赫士曾自一九五五年起受聘出掌阿根廷國家圖書館，直至一九七三年當斐隆（Juan Perón）結束其流亡生涯，並第三度當選阿根廷總統，波赫士才憤而辭去國家圖書館館長一職。

桑塔格所說的「書籍屏幕」如今已是普遍存在的事實：桌上型電腦、筆記型電腦、手機、平板，以及各式各樣的閱讀器。當然紙本書仍然存在，可是電子書也日趨風行。越來越多的人已經習慣了以閱讀器儲存電子書，閱讀電子書。儘管圖書館依然存在，不過由於受空間所限，有些圖書館已經偏向採購和收藏電子書了。在書籍的形式改變之後，閱讀的條件難免隨之改變，甚至書寫的方式也會跟著改變。桑塔格在致波赫士的信中信誓旦旦地表達她對文學價值的無上崇敬：過去與現在都存在於文學之中，我們因此受惠於文學——而她所謂的書籍則幾乎就是文學的同義詞。我的世代應該不難理解桑塔格的想法。在初通文墨之後，我們最早接觸的往往就是文學。甚至叫得出名字的出版社，往往也主要以出版文學作品著稱，或者多少也會搭配出版文學作品。我們之中很多人成年後也許會選擇不同行業，只是在生命的成長過程中，總有那麼一段歲月少不了文學的陪伴。

我大概自稍稍懂事之後就不曾離開過文學。我成長於窮鄉僻壤的小漁村，家裏並沒有什麼藏書，除了從學校借來的書本外，我最早與書有關的記憶是在油燈下與父親閱讀武俠小說，書名當然都不記得了，作者的筆名倒是記憶深刻：我是山人。我所知道的少林派人物如洪熙官、方世玉、至善禪師等都來自我是山人，他可是出道早於金庸、梁羽生等的武俠大家。後來我才知道他是香港著名報人陳魯勁。我不清楚父親的武俠小說來自何處，字小，印刷差，每一冊都很單薄，我卻讀得趣味無窮。或許這勉強算是我最早的少數文學經驗吧！上了中學，往後數十年，直到今天，我生命歷程中的重要生活經驗，不論創作、編輯、念書、教學，或是研究，都與文學密不可分。文學是一片廣袤的沃土，我有幸在這片沃土上萌茁，成長，乃至於垂老。從年少時邂逅，繼而成為畢生的志趣，甚至成年後選擇賴以為生，文學教會我如何從容自若，並且學習如何在其中安身立命。對我而言，文學就是一種知識形式，是我了解世界的重要方式。文學自然也是一種自主的語言藝術，卻也是我介入世界的主要途徑。我在許多場合強調的文學的淑世功能，無非源於這樣的體認。

這樣的體認當然又與我的文學經驗有關。經驗是累積的，體認則是經驗累積的結果。經驗也留下無數的記憶，隨著歲月的嬗遞，環境的變化，有些記憶歷歷在目，彷似昨日，有些則如過眼雲煙，不知所終。所幸這些年來，我在不同場合應各方所邀，以敘事散文的形式寫下了人生不同階段的某些文學記憶。這些散文部分已收入我的其他文集，另有一些雖非按特定計畫完成的回憶錄，稍加編排整理之後，卻也多少保存了我不同面向的文學記憶。《離開漁村以後》這本敘事散文正是這樣的一個產物——我更願意將之視為我年輕時期的文學追想錄。這些散文各有長短，當初主要是為了配合報章雜誌的邀稿字數要求，為保存本文原先發表的狀態，除部分文字曾經稍微修飾外，內容未加增刪或作細部改動。

除了以文學教學和文學研究為業，我也寫詩，數量不多，迄今也出版了四本詩集，因此在整理這本敘事散文時，我心中始終縈繞不去的竟是桑塔格在《重點之所在》一書的開卷之作〈詩人的散文〉（“A Poet’s Prose”）。此文寫於一九八三年，是她為俄羅斯著名女詩人茨維塔耶娃（Marina Tsvetaeva）的散文集《被俘的精靈》(*A Captive Spirit: Collected Prose*)英譯本所寫的導論。茨維塔耶娃對蘇聯的十月革命心存疑慮，因此選擇出亡巴黎，這些散文多完成於她在巴黎自我放逐期間，其中有對若干前輩詩人之記述，對父母與家人之回憶，最後部分甚至收入她的文學評論。儘管內容雜駁，茨維塔耶娃的散文多環繞著記憶開展，這些散文有意揭露的無非是潛藏於過去的諸多事實。所以桑塔格會說，「詩人的散文是典型鄉愁式的，回顧式的。就彷彿按照定義，被召喚的對象是屬於業已消失的過去。」

桑塔格在〈詩人的散文〉中語多此類歸納式的總結。譬如她說，詩人的散文「有一個獨特的題材：詩人志業的形成」。她進一步這樣解釋：「其典型的形式包含兩種類型的敘事。一種是直截了當的自傳型態。另一種也採用回憶錄的型態，只不過是對另一個人的畫像，若不是一位同行作家（通常是前輩作家或者導師），就是一位為自己所深愛的親人（一般是父母或者祖父母）。向他人致敬是為了讓個人自我的描述趨於完整：通過對他或她的仰慕展現力量與純正性，詩人得以避免陷入粗鄙的自我主義。在向重要的楷模致敬時，在喚起實際生活中與文學中決定性的邂逅時，作者無異於闡明了用來評斷其自我的標準。」桑塔格接著說：「詩人大部分的散文——特別是回憶錄形式的那種——

都是用來記述詩人那個自我勝利的冒現。」

《離開漁村以後》無疑是屬於桑塔格以上所描述的一本敘事散文，是鄉愁的，是回顧的，書名明顯受到桑塔格上述理念的啟發；因此書中各篇文字不論長短，整體視之，敘述的無非都與我年輕時的文學記憶密切相關，而這一切都發生在我離開漁村老家以後。我把全書粗分為兩大部分。第一部分四篇所敘主要集中在馬來西亞時期我的文學經驗，從初窺文學到投身創作到擔任文學編輯。開卷第一篇的〈邂逅文學〉正好為我的文學記憶拉開序幕。這篇散文側重在個人文學經驗最初的形塑期，如今重讀，我驀然發現，一九六〇年代的冷戰政治竟然也曾不動聲色地介入我早年的文學生活中。約一甲子之前的往事，物換星移，人事早已全非，不過有些人事不應該隨時間的流逝而化為歷史的灰燼，就像當年我因緣際會參與編務的《學生周報》與《蕉風》月刊，沒想到晚近竟也成為學術界關注的對象。〈我與白垚〉、〈《蕉風》二〇二期〉及〈陳瑞獻與《蕉風》〉諸篇雖然用意在為我所認識的白垚與陳瑞獻畫像，但是正如桑塔格所說的，這些畫像背後也隱約可見我年輕時的身影——我們這些人曾經如何以自己的方式介入新馬華文文學的生產活動。

《離開漁村以後》第二部分納入的十一篇散文，除〈我的一九七〇年代〉與

〈我與莎士比亞〉二文外，其他九篇均屬一般所謂的師友述懷。〈我的一九七○年代〉主要追述那個年代大學校園內外我親歷的文學生活，文中隱然若現的是，在冷戰所默許的戒嚴體制下，臺灣的社會與文化正如何蠢蠢欲動，想方設法尋找養分與生機，並等待時機破繭而出。〈我與莎士比亞〉記敘的是我從中學就開始的與莎士比亞的連結與糾葛關係，我並未因此而成為一位莎士比亞學者，其中所反映的容或是過去數十年來我與英文文學糾纏的縮影。倘若我沒有選擇英文文學作為研究對象，譬如改習中國現當代文學或臺灣文學或馬華文學，我會是怎樣的一位學者？九篇師友述懷中，有五篇按我接受文學教育的時間先後，緬懷李達三、齊邦媛、陳祖文、朱炎及王文興等幾位已經離世的師長。另外一篇記述我在一九八○年代末期遠赴美國杜克大學跟隨著名學者詹明信（Fredric R. Jameson）學習理論的經過。影響我深遠的師長當然不只這幾位，他們為我樹立經師人師的典範，教會我如何以文學學術作為一生的志業，而非僅僅是一份職業而已。側寫周夢蝶先生一篇較為特別。在我最初入行教書時，有一段時日我幾乎每週都會見到他，或向他買書，或跟他聊上幾句，或看著他閉目養神，可我從未向他自我介紹，因此我可以確定他並不認識我。我熟讀他的詩，卻又不願打擾他，這是我年輕時相當奇特的文學經驗，或許也值得一記。本書的最後兩篇散文，一篇紀念老友陳鵬翔。他是詩人，也是用功甚勤的學者，一生兢兢業業，堅守本業，是他所說的學者詩人的一個典型。另一篇則追憶也是老友的李永平，重點不全在我們之間的友情，而在一位成就斐然的作家如何在油盡燈枯之際，念念不忘的依然是他的創作。

桑塔格在〈詩人的散文〉一文臨結束時，盛讚茨維塔耶娃的散文「具有與她的詩同樣情感高揚的特質」。我想說的是，《離開漁村以後》一書所收敘事散文其實也投注著我在詩創作時同樣的感情。這些散文最後拼嵌的恐怕也是我年輕時的自畫像，我的逝水年華。

桑塔格還說，「詩人的散文是感情熾熱的自傳。」信然。

＊

《離開漁村以後》是我在時報文化出版企業股份有限公司出版的第二本書，這是總編輯胡金倫的好意安排。從全書的構想到書名的建議，金倫以其專業與經驗給予我最大的協助，甚至在百忙中願意為本書作序，而且序中還特意提到巧巧，謝謝金倫的隆情高誼。我同時要謝謝高嘉謙將這本敘事散文納入他主編的「浮羅人文書系」，這也是我的第二本書被列入這個別有特色的書系。時報文化的主編何秉修在編輯、校訂及其他出版細節方面提供不少專業的建議，如每篇散文之前所引截文就是秉修的貼心構想，我要對秉修的認真盡責表示謝意。我也要對企劃林欣梅在出版的過程中所給予的費心協助說聲謝謝。

我還要謝謝金工藝術家張珈釩質樸潔淨而又十分切題的封面設計。封面主體的畫像為老友新加坡著名多媒體藝術家陳瑞獻之傑作。一九八一年，瑞獻在我不知情之下，完全憑藉記憶與印象作此枯筆畫像，故題曰〈有成印象〉。此畫像我珍藏至今已有四十餘年，保存良好，一如新作。誠如瑞獻於二〇二五年二月十四日電郵所言，此枯筆畫像「款之『印象』，意味提筆時已無需參照相片，由唯識中直取心源，一揮而就是也。如此印象之作稀少，能綴仁弟新書非惟榮耀，亦逸品之應善布因緣。」瑞獻語多鼓勵，惟此畫像筆力蒼勁，行雲流水，瞬間揮就，確為我早歲神態之傳神描摹。此畫像非僅凝聚瑞獻與我一甲子之深厚情誼，世事滄桑，因緣殊勝，四十餘載後竟成為本書之封面主體，感動之餘，我要向瑞獻表達誠摯的謝意。

這些散文在成書之前曾經先後在報紙副刊和雜誌或網路電子報發表。謝謝《文訊》月刊的社長兼總編輯封德屏的不時邀稿，以及經常協助我的編輯吳櫂暄和鄭亦芩。謝謝馬來西亞《星洲日報》文藝春秋副刊的主編梁靖芬。謝謝《中華民國英美文學學會電子報》的主編熊婷惠與阮秀莉，以及《中華民國比較文學學會電子報》的編輯楊承豪與王榆晴。這些散文有若干在發表之前曾經張錯、單德興、張錦忠、張貴興、馮品佳、王智明、高嘉謙等幾位好友或同事過目，特此致謝。這些年來協助我研究工作的曾嘉琪將這些散文編輯存檔，並在出版的過程中幫助我整理書稿與校對書樣，謝謝嘉琪的辛勞。是為序。

李有成

二〇二四年八月二十六日於臺北

二〇二五年二月二十日修訂

# 第一部分

## 漁村。詩社。編輯檯

# 邂逅文學

現代詩的出現顯然是對他們的政治議程不利的，
他們視現代詩為毒草，是頹廢、墮落的資產階級產物。
我就曾經被他們以文革式的語言接連批鬥，竟達數月之久。

我出生於馬來半島北部一個叫班茶的小漁村，車子開到漁村似乎就到了地球的盡頭，往前再也無路可走。我出生時太平洋戰爭才結束沒幾年，在日據三年八個月中逃跑的英國殖民者又回來了。英國人雖然大力推廣英文教育，對各種族的母語教育倒也相當包容與尊重。漁村的居民以華人和馬來人佔大多數，因此村裏分別設有華文小學與馬來文小學。漁村不大，兩校相距不遠，不過平日似乎少有往來。我不清楚馬來文小學的情形，我就讀的崇正華文小學絕對是全村華文藏書最多的地方。所謂最多其實也就是那麼一小書架的書。書的種類雜多，我不了解那些書是怎麼來的，也不見任何分類或編目，只是隨意擺在書架上。我上高小時曾被指派管理這些書，也就是下課時守在書架前等候同學來借書。

借書的同學不多，經常面對那一架子書，我倒是因此喜歡上了閱讀。那個年齡當然不知文學為何物，似乎什麼都讀，記憶最深的倒是像《西遊記》和《封神演義》之類的讀物。這些書都頗厚重，不過都應該不是原著，而屬於少年讀物的節寫本。我對這些古典說部之所以印象深刻是有原因的。我童年的老家就在海邊，每天傍晚我看著太陽下海——我從小就無法理解何以課本上老說太陽下山，因為我每日親眼所見都是太陽緩緩掉落天邊海中。此時晚霞滿天，璀璨絢麗，引發我的無限遐想。我懷疑晚霞上頭就是《西遊記》和《封神演義》中的南天門或靈霄寶殿，那裏頭一定住著眾多神仙。離開漁村後，我多半在城市居住，這樣夕陽紅霞的景象難得再見，童年的那些日常記憶與想像卻

李有成故鄉班茶漁村的唯一大街

始終鮮活如昨。莫非這也是文學的力量？

真正認識所謂的文學恐怕要到檳城上中學以後。那時候馬來亞獨立不久，英國的殖民遺緒仍在。我就讀的鍾靈中學早在英國殖民末期就改制為所謂的國民型中學，經費多半來自政府，授課語言改為英語，當然課本用的也多半出自英國出版社。鍾靈中學名義上仍歸屬華校，與英校不同，我們依然保有華文一科，而且每週上課節數不少。華文一科對我非常重要，是我正式的中國文學教育的開始。這麼說是有原因的：課本的選材除中國古典詩文之外，還收入若干五四時代的新文學作品。細想起來，整本華文課本無異於一本文學選集，況且選材依年級由淺入深，循序漸進，我彷彿走進一個全新的文字世界，甚至因此在潛移默化中慢慢了解這些文字的分類。大約從初中三開始，自己更依這些分類胡亂塗鴉，然後謄抄在稿紙上，詩文不分，裝訂成冊，自娛卻不敢娛人。學習投稿則是後來的事。

課本篇幅有限，所選的詩文當然無法滿足我的閱讀，尤其是新文學作品。我於是按圖索驥，依課本提供的有限資料往學校圖書館覓書。出乎我意料之外的是，鍾靈中學的圖書館頗有一些新文學的藏書。我零用錢不多，經過若干時日也能攢下小錢，到春滿園的小書店買一兩本書。就這樣在一九六〇年代最初幾年，我竟囫圇吞棗在課外讀了不少新文學作品。鍾靈雖然是一所著名中學，但在我的記憶中課業並不算繁重，而且嚴守政府規定，中午十二點半一定放學，既無早自習，更無課後輔導，補習也是聞所未聞——至少像我們這些出身寒微的子弟，布衣糲食已不容易，若能按月繳交學費已屬萬幸，補習當然更屬奢求。家境富裕的同學也許另有安排。這些回憶無非在說明，中學那些年我有的是大把的課餘時間，閱讀正好填補了我的部分時間，另有部分時間則在午後跑到天主教修道院女校對面的大操場觀看各類球賽，主要是足球、板球、曲棍球、橄欖球等，完全是殖民遺產。

鍾靈中學的圖書館分兩部分，舊館在第三進一層樓房的中間，兩翼都是初中部的教室與廁所——鍾靈是一所男校，因此只有男廁。這一層高的樓房恐怕是鍾靈最古老的建築之一，老式灰色水泥建築，堅實穩固，百年後的今天依然屹然存在。我讀初中時大部分時間在此度過。新館則設於新建科學館的二樓，明窗淨几，在當時無疑是棟相當新穎的現代建築。經過若干時日的摸索之後，我發現新文學的藏書多半存放在舊館裏，我的教室就在附近，極為方便。我對新文學所知有限，因此讀書相當隨性。儘管如此，我後來回想起來，從入學鍾靈中學到十六、七歲那段少年歲月，我竟然也透過作品親近不少日後才知道的重要新文學作家。魯迅數目不算太多的小說都讀了，《阿Q正傳》讀過還不只一次。巴金的《家》、《春》、《秋》所謂激流三部曲大致翻過，《憩園》則是後來擔任《學生周報》與《蕉風》編輯時讀的，當時我的上司姚拓將《憩園》改編成劇本，由吉隆坡的劇藝研究會搬上舞臺演出。不像魯迅的某些作品，我日後未再重訪巴金這些小說，反而多次重讀或選讀他在垂老之年出版的《隨想錄》。

茅盾我讀得不多，還留有些許印象的就屬《子夜》。小說人物眾多，當時年小，小說敘事情節距我的日常經驗甚遠，可以想像，卻體會不深。沈從文則沒留下多少印象，主要的記憶反倒是來自由他的小說《邊城》改編的電影《翠翠》，而且很可能是因為當時仍很年輕的男女主角嚴俊和林黛。郁達夫比較特別。我是用儲蓄的一點零錢，在春滿園一家小書店買到一本他的小說集《沉淪》。其時我對他在日據時期的遭遇所知不多，開始時甚至對「沉淪」二字也一知半解。我對集子中的〈沉淪〉一篇最感興趣，讀之再三，對情節中的情慾描述深感好奇，對作者將小說人物的苦悶掙扎與家國之痛相互聯結也隱約可以感知。高中二那年教我華文的趙爾謙老師——他可是比利時魯汶大學的碩士、德國魯爾大學的博士——知道我喜歡文學，還主動借我他的藏書。我至今清楚記得的有老舍的《駱駝祥子》和《離婚》，以及淩淑華的小說集《小哥兒倆》。我後來在學校圖書館的舊館還發現了一些張恨水的著作，我讀了他的《金粉世家》，直覺好看，因此還陸續讀了幾本別的小說。當然，所謂鴛鴦蝴蝶派那是後來才聽說的事。另外還有一位女作家林淑華，鮮少被人提起，她的小說《生死戀》竟然讓我感動不已。我要到五十多年後才買到簡體字版的《生死戀》。

我也讀新詩。課本選錄的新詩不多，我覺得這些新詩淺白易懂，隱約少了古典詩的某些東西。不過我也斷續閱讀了不少新詩作品，印象較為深刻的詩人有胡適、徐志摩、冰心、艾青、臧克家、何其芳、聞一多等。另一位教我華文的吳鶴琴老師也寫新詩，筆名白鶴，知道我喜讀新詩，送了我一本他的詩集《苦難篇》，我讀後發現他走的是近乎艾青和臧克家等人的路子。一個中學生，靠著師長的引介與自己的摸索，閱讀畢竟有限，我當時的新文學知識大抵如此。這些閱讀大致發生在高中二年級之前，不過應該一記的是，高中三時我報名劍橋海外文憑會考——相當於臺灣的聯考或英國的 A Level 考試。這個考試可以自選九個科目，只要六科及格，依及格成績就可獲得不同等第的文憑。在眾多的科目中，我選了「高級華文」（Advanced Chinese）一科。所謂「高級華文」，考試的內容就是中國文學，沒有設定範圍，憑的就是中學階段自己所習得的中國文學知識。唯一有指定範圍的是長篇作品。我那一年的指定讀物是吳敬梓的《儒林外史》與曹禺的《日出》。這些作品不屬課堂上的教材，老師也不會在課外講解，報考者只能自求多福，靠的是課後自行閱讀與理解。報考「高級華文」的同學應該人數不多，老師也從來不曾提示我們應該如何準備。走進考場我們所憑藉的還真是平日累積的實力。幸運的是，我的「高級華文」成績尚可，另一個收穫是，我在《日出》之外，還多讀了曹禺的其他戲劇，如《雷雨》、《原野》等。

這些作品多出版於民國時期或五、六〇年代的香港，當然連同我們使用的華文課本，都是繁體字印刷的。我出生那年英國殖民政府為了剿共宣布馬來亞進入緊急狀態（State of Emergency），至一九六〇年我入學鍾靈中學那年才告終止。只是馬共的殘餘勢力仍在，一九五七年馬來亞獨立，甚至一九六三年馬來西亞成立，政府為遏阻共產思想的影響，因此仍然延續殖民時代英國的政策，嚴禁中國大陸的出版品流通。何況大陸那段時間也接二連三忙於各種政治運動，從反右到文革，文學生產所受的限制遠非今日所能想像。我上述初識新文學的這段經歷對我的文學記憶相當重要。一九七〇年秋天我負笈臺灣，才發現原來在我讀過的有限作家與詩人中，絕大部分都是政治上的禁忌，儘管後來在學校周邊的書攤我還買到魯迅、聞一多、何其芳等翻印的著作，只是封面總是少了作者的名字。

大約在一九六五年，也就是我高中二年級那年，我的文學閱讀範圍漸漸發生變化。忘了是在怎樣的情形下我加入一個叫學友會的社團。這是供一份叫《學生周報》的學生刊物讀者聯誼的團體，組織鬆散，參加者多為在學或剛畢業的青少年，不須填表報名，無須繳費，也沒有學友會員名冊。學友會有固定會址，來來去去的學友約在四、五十人，有的經常出現，有的偶爾現身參加活動。所謂活動不外乎唱唱歌，跳跳民族舞，或者排演話劇，學習繪畫，編寫壁報等等，性質多屬藝文。雖然缺乏有形的會員組織，但是為了辦理這些活動，還是不免要有幾位幹部。至於幹部是如何產生的，由於沒有什麼會員大會，大概就由幾位年資較深的學友互推產生，主其事者我們稱之為總幹事。學友會的日常經費皆來自《學生周報》所屬的友聯出版集團。友聯家大業大，鍾靈中學採用的華文課本即是由友聯旗下的馬來亞出版有限公司出版的。由於學友無須繳費，我們對學友會的財務一無所知，經手者應該就是總幹事與財政。其實除了會址的每月租金與水電費，一般藝文活動多為學友自發自動，幾乎無須經費。因此我猜想友聯提供的經費也不可能很多。

當時在學友會掛單的有一個銀星詩社。我到學友會最早就是為了參加銀星詩社的活動。銀星詩社雖有社名，卻也像學友會那樣，徹頭徹尾是個無形的柔性組織，沒有社員，沒有社長或任何幹部，當然也無須繳費。平常活動不多，偶有活動也就是借用學友會的一角，由幾位較常出現的詩友講講詩。詩友最多時也不過十來位。那是一九六〇年代中期，當年參與詩社一起寫詩的朋友老早就放下詩筆了，往事堪驚，一甲子之後對詩依舊無法忘情，在垂暮之年還在寫詩的就剩下我一人了！

我當時已經以李蒼的筆名發表了一些習作，題材多與漁村有關，擁抱土地，熱愛生活，歌頌勞動，語言和形式應該符合當時所謂現實主義的文學主張。不過在發表了若干習作之後，我逐漸感覺到寫作上的局限而亟思有所突破。銀星詩社讓我發現了——現代詩！原來新詩還可以有不同的語言與形式，甚至其他的題材與關懷的。銀星詩社朋友的創作以現代詩為主，詩社的活動討論的多半也是臺灣的現代詩。詩社中比我年長數歲在創作上表現較為出色者有喬靜（何殷資）、秋吟（黃運祿）等幾位。據說喬靜曾經給藍星詩社的覃子豪先生寫信，甚至還獲得覃先生親筆回信，多方給予鼓勵。詩社成員的創作受到當時臺灣現代詩的啟發不難想像。現代詩拓展了我的詩的世界，尤其在詩語言與形式上改變了我的創作方向，當然，「邂逅相遇，適我願兮」，遇上來自臺灣的現代詩無疑是當時我在創作上的重要契機。這也是我認識臺灣文學的開始。

一九六〇年代的《學生周報》已經大量刊登現代詩，甚至每月另闢有整版的「詩之頁」，專門發表現代詩，主其事者先後為白垚與周喚。周喚曾經留學臺灣，在中國文化大學念哲學，留臺期間耳濡目染，自己也寫現代詩。白垚跟友聯內部的部分成員一樣，屬於香港的南來文人。跟他們稍有不同的是，他有臺灣經驗。在一九五〇年代錢思亮校長任內，他曾在臺大歷史系念書。他原名劉國堅，白垚是他常用的筆名，有時也署名林間、劉戈、苗苗等。後來聽孫同勛、逯耀東等臺灣歷史學界的長輩告訴我，劉國堅是他們臺大歷史系的同學。白垚雖然出身歷史系，但是他喜愛文學，可能留臺經驗讓他獨鍾現代詩。他後來移居馬來（西）亞，參與《學生周報》的編務時，就大力提倡現代詩，甚至身體力行，發表自己的創作。其時《學生周報》的姐妹刊物《蕉風》月刊，在同是來自香港的小說家黃崖的主持下，也刊登了不少現代詩，特別是臺、港詩人的作品。

銀星詩社應該是在這樣的文學氛圍下成立的，那是在一九六〇年代初，整個馬華文壇幾乎是在所謂的現實主義的宰制之下，現代文學——尤其是現代詩——的出現無疑是個異數，面對的當然只有敵意。持平而論，有些現實主義者其實是文學的模擬論者，他們嘗試紹續中國新文學的寫實傳統，最簡單的信念是，文學必須反映現實，因此對他們而言，「寫什麼」遠比「怎麼寫」要來得重要。現代詩在形式與語言方面的實驗，在他們看來只是末流，是應該被唾棄的形式主義而已。另外有一些人的現實主義卻明顯具有政治議程，這類現實主義有時也被他們稱為新寫實主義。對他們而言，文學只是革命大機器的一小部分。現代詩的出現顯然是對他們的政治議程不利的，他們視現代詩為毒草，是頹廢、墮落的資產階級產物。我就曾經被他們以文革式的語言接連批鬥，竟達數月之久。

在這樣極不友善的文學環境中，《學生周報》與《蕉風》月刊除外，願意發表現代文學創作的報紙副刊少之又少。最開放的是當時新加坡《南洋商報》的「文藝」版，在梁明廣先生——他常用的筆名是完顏藉——的主編之下，大量發表現代文學作品。我的短篇小說〈戒嚴〉就曾被分成四期刊登在「文藝」版上。不過還有另一個異數，那就是檳城的《光華日報》。銀星詩社初成立時是有自己編印的詩刊的，是不定期的刊物，就叫《銀星》。不久詩刊縮編變成詩頁，當然還叫《銀星》。再過不久，詩頁也維持不下去了。等到我參與詩社的活動時，《銀星》已經借用《光華日報》出刊了，每期半版，版位完全免費，當然《光華日報》也不可能支付稿費。至於多久出刊一次，我如今已不復記憶。很可能是雙週刊或者月刊，因為稿源不是那麼充足。《光華日報》至今仍在檳城出刊，無疑是華文世界歷史最為悠久的日報。這是當年馬來亞華僑為協助孫中山先生革命，在檳城創辦的三大文教機構之一。另外兩個是檳城閱書報社與鍾靈學校。檳城閱書報社即今日的檳城孫中山紀念館，鍾靈學校後來擴大為我的母校鍾靈中學。當然後來這三個文教機構也歷經蛻變，其性質與功能早與當年設置的初衷全然不同了。

我曾經負責最後幾期《銀星》詩刊的編務。那是一九六七年左右，我已經中學畢業，有一整年在待業狀態，由於住在學友會裏，房租水電等全免，生活簡單，微薄的稿費收入竟然勉可度日。此時我參與銀星詩社的活動已有一段時日，《銀星》詩刊的編務順理成章就落在我的身上。其實說編務恐怕稍有誇大，我的工作在收集稿件，然後編選若干，通常包括詩創作數首，再搭配一兩篇詩評或詩論，就差不多足以填滿半版報紙的篇幅了。在出刊前一兩週，我就騎著腳踏車，把這些稿件帶到《光華日報》社，親手交給溫梓川先生。溫先生是文壇前輩，以《文人的另一面》一書聞名，當時似乎擔任《光華日報》總編輯，為人溫文爾雅，是位和藹可親的長輩。他對《銀星》非常支持，對我送去的稿件從來沒有意見。我的任務在交稿後即告完成，在《銀星》見報前的其他工作，如畫版、發排、校對等都是溫先生全權處理，我們不再過問。《銀星》見報時我們當然非常興奮。可惜一九六七年底或六八年初我南下吉隆坡，先後參與《學生周報》與《蕉風》月刊的編務後，借用《光華日報》出刊的《銀星》因後繼無力而停刊了。在一九六九年五月十三日的種族暴動之後，學友會因組社敏感而不得不解散，連寄籬在學友會之下的銀星詩社也只能無疾而終了。反正這是個柔性的小型文學組合，連團體也談不上。近幾年不時有人希望我回顧銀星詩社的過去，其實我的記憶相當零碎，除了還記得幾位詩友的名字外，我手上竟連一份《銀星》也沒保存。近一甲子前的事了，很難想像有誰還會保存當年發行不廣的這份詩刊！

《銀星》當然發表了不少馬華現代詩人的作品，不過也偶爾出現留臺詩人的投稿。我現在還能想起幾個名字：麥留芳（冷燕秋）、畢洛、笛宇、葉曼沙等。我後來到《學生周報》擔任編輯，記得跟畢洛見過一面。麥留芳是新加坡著名的社會學家，另有筆名劉放，退休前不時往來於新加坡與臺灣的學界，我們在學界甚至還有共同的朋友。二〇二〇年他還在張錦忠的主持之下，擴大重印他早年出版的詩集《鳥的戀情》，並納入由高嘉謙主編的「島與半島文叢」。其實當時還有好幾位留臺的馬華詩人，像林綠、陳慧樺、王潤華、淡瑩等，他們與來自港澳的年輕詩人翱翱（即日後的張錯）、黃德偉等共組星座詩社，我當時就有機會讀到他們出版的《星座》詩刊。我後來在不同的機緣下認識了他們幾位，張錯更是這些年來往來最為頻繁的知己。這些例子足以說明，馬華詩人在臺灣的耕耘時日久遠，隨著後來更多的馬華作家選擇定居臺灣，並繼續創作而日漸形成今天臺灣的馬華文學現象。他們的創作或被稱為在臺馬華文學，或被視為當代臺灣文學的熱帶元素，豐富了臺灣文學的內容。

在銀星詩社那段時日，我們閱讀的無疑多半為臺灣詩人的作品，而且以零散的作品居多。要知道那是一九六〇年代，中華民國仍在戒嚴體制之下，臺灣的經濟尚未起飛，出版業跟今日的蓬勃現象根本不能同日而語。至少在檳城的幾家書店，臺灣出版的圖書並不多見，最常見的是皇冠出版社的出版品，特別是瓊瑤的小說。那時候我還認真讀過幾部，至少包括《窗外》、《幾度夕陽紅》、《潮聲》等。我那時有的是時間，在皇冠出版的小說中，我還把馮馮的大部頭小說《微曦》讀過一遍。我的興趣是現代文學，這些小說情節曲折，容易閱讀，對我日後的創作應該沒有什麼影響。在臺灣的現代詩人當中，我們最為熟悉，而且讀得最多，最常討論的肯定是余光中。他早期的作品中，除了《鐘乳石》，至少我讀到的都是文星書店出版的詩集和散文集，諸如《蓮的聯想》、《五陵少年》、《左手的繆思》、《逍遙遊》等。葉珊——後來的楊牧——是另一個重要的名字，我們也有機會讀到他的文星版的《燈船》和《葉珊散文集》，甚至有朋友還因此寫起葉珊體的散文來。這些詩集與散文集是怎麼來的，我如今已不復記得。

一九六七年，有一天我突發奇想，一大早就揹著簡單的換洗衣物，口袋裏也沒什麼錢，甚至沒有一份地圖，就搭渡輪離開檳城，一路在馬來半島的南北幹道上揮手搭乘順風車，竟一路奔向數百公里之外的吉隆坡。在吉隆坡的學友會待了幾天，我聯絡上在《學生周報》當編輯的周喚。他騎著史古特機車，把我帶到編輯部與姚拓和白垚見面。等到我準備依樣畫葫蘆北返檳城時，他還借給我幾本詩集。我把這些詩集帶回檳城後，一本本讀過，有些詩友知道了也向我借閱。具體是哪些詩集，我已經毫無印象了，很可能包括上述提到的余光中與葉珊的詩集。不過有一本我始終沒有忘記，那就是瘂弦的《苦苓林的一夜》。瘂弦這本詩集讓我對臺灣的現代詩產生了另一番體會。最近讀了《瘂弦回憶錄》，才知道瘂弦這本詩集的出版因緣。當時瘂弦不時投稿香港的《中國學生周報》，漸漸與主編黃崖熟識，《苦苓林的一夜》就是在黃崖的推薦下，由香港國際圖書公司出版的。那是在一九五九年。《中國學生周報》是香港友聯旗下的刊物，黃崖後來也加入馬來西亞的友聯，主編《蕉風》月刊多年，也不時發表臺、港作家詩人的作品。我後來參與編輯的《學生周報》與香港的《中國學生周報》在某個意義上同屬姐妹刊物。那時我常在編輯部見到黃崖，他是長輩，也是成名小說家，我們通常只是點頭問好，我不記得自己曾經與他有過任何較深入的交談。再後來我也參與《蕉風》月刊的編務，那已是黃崖離開友聯以後的事了。我要到半個多世紀之後，才知道原來瘂弦第一本詩集的出版，黃崖是背後的重要助力。人世間的因緣竟是如此糾葛交錯！

一九七〇年秋天我卸下《學生周報》與《蕉風》的編務，拎著簡單的行李來到臺灣，倏忽五十餘年，親身經歷與體驗臺灣各方面的發展與變化。臺灣文學也在這些發展與變化中成就可圈可點，呈現出繁複而多元的面貌，不同世代在臺馬華作家的表現正是這許多面貌之一。這種種現象是一九六〇年代我初識臺灣文學時所難以想像的。

二〇二三年三月十二日晚於臺北

# 我與白垚

《蕉風》以新面貌出刊是一九六九年八月號的二〇二期，隨後一、兩年內，《蕉風》時有新的想法與作法，「遷舊秩，壯新猷」，可說是我們幾個人當時的共同願望。

這裏我就從眾，跟文學界的朋友一樣稱他白垚，其實他原名劉國堅，只是從認識他第一天開始，我就一直叫他劉哥，正好與他的另一個筆名「劉戈」同音。初識他時我十六、七歲，他則三十出頭。那時候《學生周報》在馬六甲、吉隆坡、怡保、太平、檳城等地都設有學友會，類似讀者聯誼社，我在鍾靈國民型中學念書，忘了是何因緣——應該是始於喜愛創作——我參加學友會和銀星詩社若干與寫作有關的活動。銀星詩社其實就附設在學友會裏。我記得圖書室有一個小玻璃矮櫃，堆積著過期的《銀星》詩刊。一九六九年五一三種族事件之後，在嚴峻的政治氛圍之下，各地學友會陸續解散，那一批《銀星》詩刊最後也不知去向了。

其時我對白垚了解不多，只知道他來自香港，留學臺灣，自臺大歷史系畢業。他個子高大，聲音宏亮，寫詩，而且提倡現代詩。他偶爾北上檳城視察學友會的業務，知道我寫詩，跟我們幾位寫詩的朋友——包括喬靜（何殷資）、秋吟（黃運祿）、陳應德等——很談得來。幾次見面，我跟他漸漸熟悉。後來我也參加了檳城學友會主辦的潮聲野餐會與各地學友會在金馬崙高原合辦的生活營，朝夕相處，更拉近了我們的距離。當時我偶爾投稿《學生周報》，作品多半會被採用，有些詩甚至刊登在封面的「文藝專題」，有圖有詩，套色印刷，相當美觀。「文藝專題」的主編嚴三湄是白垚的夫人嚴漢平，我們稱嚴姐，臺大外文系畢業，不過有時選詩選圖的工作還是白垚代勞。

我們真正變得更為熟悉是我到《學生周報》編輯部工作之後。當年我如何接下《學生周報》的編務，五十年前的舊事，許多細節我已不復記憶。白垚倒是在一篇題為〈捲土穿山　兼寫天地：反叛文學的凱歌〉的回憶文章中留下蛛絲馬跡。那應該是一九六七或六八年間，白垚說：「周喚出國讀書，《學生周報》需人接編，我去檳城找李蒼，士別三日，文學的識見格局，更大有精進，有憤怒的回顧，也有理性的前瞻，有英挺的銳氣，也有內省的融和。燈下詳談，論及文化工作，他表示出國深造之前，能當《學生周報》編輯，以增歷練，固所願也。」李蒼者，即我那時常用的筆名。白垚這段文字當然多屬溢美，我當時年輕，少不更事，讀書不多，可能不知藏拙，亂發議論，貽笑大方，想來令人汗顏。不過其時我已自鍾靈中學畢業，既無家業可以繼承，一時又無所事事，對未來一片茫然，因此答應他願意一試倒是順理成章的事。至於我怎麼到吉隆坡的，又怎麼安頓下來，如今竟已毫無記憶。

當年我十八、九歲，唯一談得上的編輯經驗是編了幾期的《銀星》詩刊，在溫梓川先生的協助下，借《光華日報》的版位出刊。其他的零星經驗就是擔任過高中畢業特刊與學友會壁報的主編。我就這樣拎著簡單衣物和書籍隻身南下八打靈再也，開始我的編輯生涯。《學生周報》編輯部在一棟矮房子裏，裏面還有友聯集團旗下其他單位的辦公室。我的編輯室不大，擺著兩張書桌，靠牆處有些櫃子置放作者來稿與讀者來信等。我用了裏面的一張書桌，近門的一張則要等到數個月後，才由張少蘭——也就是白垚筆下的小月亮悄凌——使用。我和少蘭也因此對面而坐大約有兩年時間，直到我離職。

初任編輯，我最先接下的是過去由周喚主編的〈詩之頁〉。《學生周報》每週出刊，版面不少，每版各有編輯，不過我卻是唯一專職的，其他編輯如姚拓、白垚等在友聯各有所司。姚先生主要負責教科書與參考書的業務，白垚則主管馬來亞印刷廠——友聯各單位的出版品都交由這家印刷廠印製。那時候的印刷廠是一條鞭作業，從檢字、排版、印刷到裝幀一氣呵成。另外還有一位小余（我已經記不起他的名字）負責英文與馬來文版，他其實是友聯的祕書。編輯業務逐漸熟悉之後，我的工作量開始加重，負責的版面也逐步增多，而且送印前還必須把全份刊物校過，確認無誤後才能上車印刷。少蘭後來工作也漸漸增加，在我辭去編務之前，《學生周報》的主要工作差不多就落在我和少蘭身上。

姚先生一直固定寫他每週一篇的周報社論「自由談」，同時以魯閻王之名

李有成與白垚合影
《學生周報》編輯室
一九六九年左右

工作中的《學生周報》編輯李有成
一九六八年左右

評點學生習作。白垚後來因為工作繁忙而將「文藝」、「影藝」、「文藝專題」諸版交由我負責。他有一首舊詩題為〈掣電馳風〉，寫他入主馬來亞印刷廠的心情，心中頗有感慨：

> 掣電機吞八斗墨，奔雷夜走五車書，
> 世途轉折能誰料？又作塵沙萬里征。

後來大概只有在周報改版時，他對開本與版面形式的討論介入較深外，基本上不再過問周報的編務。不過他對周報的關心不減，每週出刊時，他往往是最早的讀者，讀到熟人的佳作，他還會對我表示激賞，興奮之情，溢於言表。他偶爾也會到我和少蘭的編輯室來聊天，話題也多半與周報和《蕉風》的創作有關。

持平而論，姚拓和白垚都很尊重我們的工作。記憶中我怎麼選稿、怎麼畫版從來就不曾受到任何干涉，也從來沒有人給我任何指示。用今天的話說，這是一種責任制，我們的責任在努力維持《學生周報》的水準，讓刊物準時出版，甚至周報的發行也不關我們的事——負責發行的其實另有其人，即我們私下稱為老古的小說家原上草。只有一次姚先生找我談話，表示有讀者向他抱怨周報的詩難懂，要我多加留意。那個時代對現代詩的接受不像現在那麼理所當然，這樣的抱怨可以理解。我倒也沒有特別放在心上，至少我在選稿時並未受到影響。白垚則自始至終是現代詩的重要推手，他自己的創作未必那麼現代，但他對現代文學的支持可說無怨無悔，簡直到了「衣帶漸寬終不悔」。總之，參與《學生周報》工作那幾年，在編務上獲得充分的自由與信任，我至今仍然感激。

那時候姚拓與白垚兩人對戲劇相當投入。姚先生將巴金的小說《憩園》改編為四幕劇，後來由吉隆坡的劇藝研究會演出，是藝文界的一件大事。我去觀賞後寫了一篇劇評，發表在《中國報》上，在讚賞之餘，對飾演男主角的演員演技小有意見。這位演員還因此向姚先生表示不滿。當時白垚經營多年的歌劇《漢麗寶》大致已經完成，正交由音樂家陳洛漢譜曲，可惜等到《漢麗寶》正式演出時我已經到臺灣讀書，無法恭逢其盛。《憩園》與《漢麗寶》這兩個劇本後來全文刊登在《蕉風》二〇七期（一九七〇年一月號與二月號合刊）的戲劇特大號上，在當時稱得上是大手筆一件。

談到《蕉風》的戲劇特大號，就不能不談《蕉風》的革新改版。《蕉風》以新面貌出刊是一九六九年八月號的二〇二期，隨後一、兩年內，《蕉風》時有新的想法與作法，「遷舊秩，壯新猷」，可說是我們幾個人當時的共同願望。所謂「我們」，指的是改版後《蕉風》的四人編輯群：姚拓、白垚、牧羚奴（陳瑞獻）與我。在改版之前，《蕉風》的主編是黃崖。他是著名小說家，作品主要由香港徐速所主持的高原出版社印行。我在檳城時已多次見過黃崖，沒有深談，不過還算熟識。他主編《蕉風》時也發表過我的作品。他是友聯的一分子，我到《學生周報》任職後經常與他碰面，因為《蕉風》的編輯部也在同一棟矮房子裏，不過每次碰面也只是點頭問好，印象中似乎不曾有任何交談。

我原先並不清楚何以黃崖要卸下《蕉風》的編務，後來讀到白垚的〈非關立異與標奇〉一文，對內情才稍有了解。白垚說：「那時黃崖熱心政治，把精神放在政黨的工作上去，《蕉風》可有可無，他在文學和政治之間的分寸，倒拿捏得準，沒有讓《蕉風》為人民服務去，有事鍾無艷，姚拓又想起我這個候補，要我接編《蕉風》，我問李蒼，李蒼建議把牧羚奴也請進來，我和姚拓談，就這樣定了下來。」白垚這段簡短的說明相當重要。友聯主其事者大部分為第一代移民，離散南來不能算久，尚未獲得馬來西亞公民權，他們志在文化與商業，揆時度勢，嚴守分寸，極不願意捲入黨同伐異的政治活動中。當時距五一三種族事件其實不久，時間敏感，政情詭譎，他們的顧慮也不難了解。

《蕉風》決定改版之後，我們就分頭工作。白垚在上引的文章中還有一段文字敘述我們的改革理念與分工情形：「《蕉風》二零二期改版，形式與內容都有改變。二十四開，近乎方形的開本，是牧羚奴提出的，採用本地作品，不轉載，是共同的意見，其實，這點重要極了，卻常為論者忽略。分工方面，馬來西亞由李蒼負責，新加坡由牧羚奴負責選稿約稿，我當執行編輯，寫每期的編後話〈風訊〉，並起草一則新的稿約，我們就這麼上路了。」白垚的回憶大致屬實，不過說起來簡單，做起來可不是那麼行雲流水，主要因為可用的留稿不多，需要另起爐灶。除了分頭邀稿之外，我們甚至必須親自下廚，幾經努力，最後才端出一桌差可見人的佳餚來。

其實我們當時各有專職。姚拓與白垚不說，陳瑞獻時任法國駐新加坡大使館新聞祕書，我的《學生周報》編務也已相當繁重。瑞獻大我幾歲，我們都算是文藝青年，熱愛文學，不計得失，樂於奉獻。那時尚無電傳，遑論電郵，我和瑞獻聯絡，純靠電話與郵寄。以寫稿、譯稿、約稿、組稿、插圖、設計而言，瑞獻付出極多，功不可沒。我則邀稿、看稿、校稿，加上周報的工作，一份週刊與一份月刊，忙得日夜難分。改版後的《蕉風》在一年內分別推出詩專號（二〇五期）、戲劇特大號（二〇七期）及小說特大號（二一一期），而且內容不弱，普受好評，現在想起來還有些不可思議。四、五十年後我常被詢及當時編務的來龍去脈，《蕉風》那一段歷史經歷如今倒像是一則傳奇。

改版後《蕉風》的編後話〈風訊〉確實由白垚執筆，他下筆認真，經常借題發揮。他寫的〈稿約〉相當簡單，很能反映我們的共同想法。這則〈稿約〉還真的頗有迴響。在戲劇特大號的〈風訊〉中，白垚就引述了一位作者的來信：「我最欣賞的是那一篇稿約，很多編者總是搞不清楚態度和題材根本是兩回事，可能他們壓根兒就沒有考慮到態度這一回事。在他們井蛙似的眼光中，只要內容是『健康』的，『有教育性』的，那就是一篇『好』作品，其實，作者的態度可能是輕浮的，玩世不恭的。……我一向認為，……一位作者最主要的品德，就是對他自己誠實。」這位作者叫山芭仔，即今日大家所熟知的溫祥英，當時他已頗有文名。他信中所描述的其實是那個年代的支配性文學環境，當時我們可能沒有意識到，改版後的《蕉風》想要改變的正是那樣的文學——乃至於意識形態——環境。

一九七〇年八月我決定負笈臺灣，自然無法再聞問《學生周報》與《蕉風》的編務。一九七五年我大學畢業，教書一年後回返馬來西亞，記憶中與白垚曾經匆匆一晤，此後四十年即未再見面。後來聽說他全家於一九八〇年代移居美國，天涯海角，相見更是不易。倒是兩年前他託早慧寄來他的大著《縷雲起於綠草》，其中不少回憶可見我們年輕的身影，我捧讀再三，不勝唏噓！

端午假日清晨，忽接張錦忠私訊，言白垚於端午前夕因跌倒重傷，藥石無功，而以八十一歲高齡不幸於休斯頓辭世。我與白垚雖然數十年未見，當年若干記憶卻仍歷歷在目，驟聞噩耗，感傷不已。年輕時白垚對我提攜甚多，且時加勉勵，這篇短文略記當年共事點滴，聊誌這些年來我對他的懷念與感念。

二〇一五年六月二十四日於臺北

# 《蕉風》二〇二期

二〇二期的《蕉風》出現不少當時新馬華文文學界新一代的名字，與前兩、三期的《蕉風》反差很大，再加上新的開本與版面設計，令人耳目一新，因此很受重視。

一九六九年八月，《蕉風》月刊改版，推出後來為大家所熟知的二〇二期，採二十四開本，近乎方形，外貌煥然一新，這是陳瑞獻（牧羚奴）的設計。新版同時略增篇幅至近百頁，這在當時新馬華文文學界還不多見。二〇二期並未刊出編輯名字，實際負責的是四人組成的編輯群：姚拓、白垚、陳瑞獻及我。要到二〇三期之後，編輯群的名字才印在扉頁右上角，統稱「編輯人」。此後的《蕉風》都依此慣例印上編輯人的名字。這個作法應是白垚的主意。他早年在臺大歷史系念書時，曾與同學主編學生刊物《臺大思潮》，原先主編只掛上集體的臺大思潮編輯委員會，後來他私自列上自己（林間）和另一位主編逯耀東（周垂）的名字，發行人傅啟學教務長還稱讚他們這是分攤責任。白垚也在《蕉風》二〇三期的編後話〈風訊〉中說，「將編輯人的名字刊登出來，表示我們負責的態度」。

白垚日後在〈捲土穿山　兼寫天地：反叛文學的凱歌〉的回憶文章中提到，我們「職皆義務兼任，當時的情況，姚拓忙於教科書的編務，極少過問《蕉風》的事，任由我們三人自由發揮。」這是實情。我們當時各有專職，工作忙碌，只能業餘奉獻心力。話雖如此，其實我們是全力以赴。二〇二期雖然順利依計畫出版，過程卻頗費思量。原主編黃崖卸任後，《蕉風》仍勉力出版了幾期，只是等到準備依時程推出改版的二〇二期時，我們發現可用的存稿不多，距理想頗遠。這個窘狀在邀稿和投稿陸續進來後，到了二〇三期才有了明顯的改善。

二〇二期的《蕉風》出現不少當時新馬華文文學界新一代的名字，與前兩、三期的《蕉風》反差很大，再加上新的開本與版面設計，令人耳目一新，因此很受重視。由於缺稿，我們幾位後來具名的編者，除姚拓外，都必須粉墨登場，自演自唱。陳瑞獻以牧羚奴之名發表詩和小說，又兼翻譯與插畫。我提供小說與散文，白垚則刊出其微帶中年哀愁的詩作〈那些舊事，無端的〉。其他作者還包括了梅淑貞、蓁蓁、孟仲季、南子、英培安、悄凌、賀蘭寧、地中海、零點零等，甚至完顏藉（梁明廣）也翻譯了亨利・米勒（Henry Miller）為其一九六一年美國版的小說《北回歸線》（*Tropic of Cancer*）被控猥褻而作的抗辯文。

在這些個別的詩文與譯作之外，二〇二期其實有一組作品自成主題，包括了麥利斯（Archibald MacLeish）的〈從月球看新的人類〉、苗苗的〈杭思朗的左腳伸出以後〉，以及戴天的詩〈這是一個爛蘋果〉。麥利斯為美國重要現代詩人，林以亮主編的《美國詩選》中收有余光中對他的譯介（譯名為麥克里希）。《蕉風》二〇二期另外還翻譯了麥利斯以詩論詩的名作〈詩藝〉（"Ars Poetica"），詩後另刊有陳瑞獻所作的麥利斯與〈詩藝〉原作的混合造像。麥利

《蕉風》月刊二〇五期詩專號
（一九六九年十一月）
張錦忠提供

《蕉風》月刊二〇二期
（一九六九年八月）
張錦忠提供

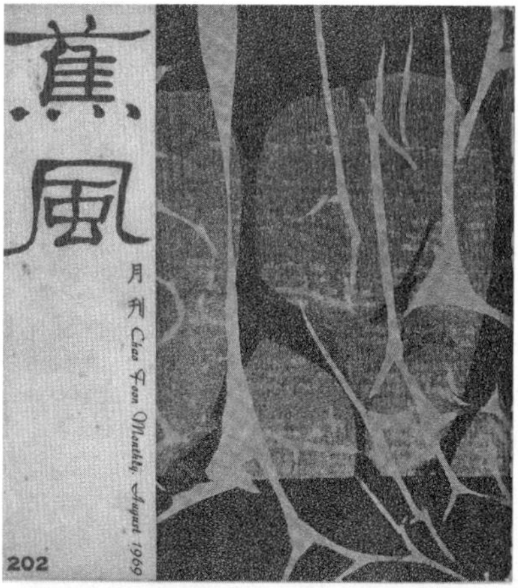


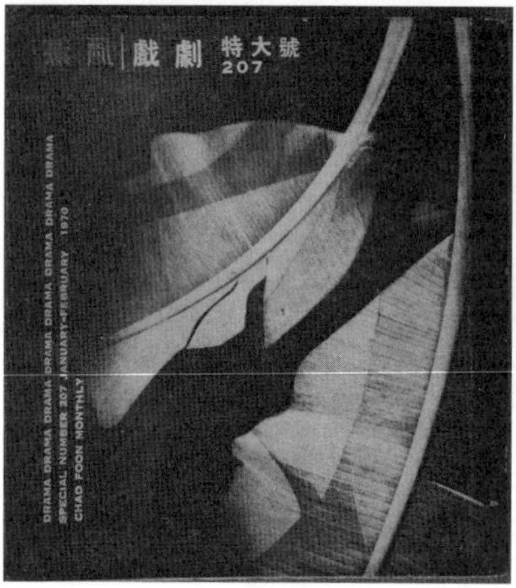


《蕉風》月刊二〇七期戲劇特大號
（一九七〇年一、二月合刊）

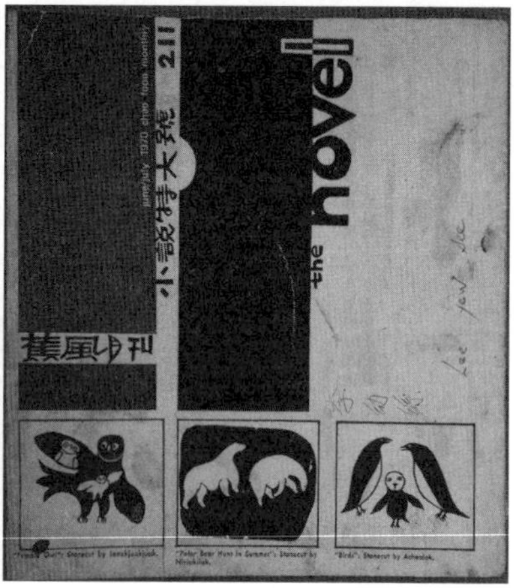


《蕉風》月刊二一一期小說特大號
（一九七〇年六、七月合刊）

斯詩文的譯者皆署名蘇濱郎，如果我沒記錯，蘇濱郎應該就是陳瑞獻。戴天的詩則轉載自一九六九年五月號香港出版的《明報月刊》。我當時專任《學生周報》編輯，在我的編輯室隔壁有一間圖書室，我可以讀到每期的《中國學生周報》、《大學生活》、《明報月刊》，甚至《新聞天地》、《民主評論》等。不過轉刊戴天的詩倒是白垚的建議。

這一組詩文都與當年人類登陸月球有關。麥利斯之短文設想太空人在外太空回望地球的心情，他說：「歷史上人類第一次看到地球：這不是在數百哩外所看到的洲陸或海洋，而是在太空深處所看到的地球：完整、圓溜溜、美麗又渺小，甚至但丁……也不曾夢想看到它，一如二十世紀後絕望與荒謬的哲學家不能臆測會看到它一樣。」新的視角帶來新的體會，在浩瀚蒼穹中回頭審視地球家園，國界消泯，人類一體，麥利斯於是發出「四海之內皆兄弟」的呼告：「看地球的真面目，渺小、藍色和美麗，浮在那永恆的靜寂之中，等於看到我們自己，我們是地球上的共同的駕騎者，在永恆的寒冷中，在那清新可愛處，我們是兄弟——知道他們是真正的兄弟的兄弟。」

戴天的〈這是一個爛蘋果〉則語言淺顯，全詩以對話諷喻地球為爛蘋果，與麥利斯筆下那顆「渺小、藍色和美麗」的星球大異其趣。這首詩批判性強，頗見機鋒，在詩人看來，地球「東一個瘡／西一個洞」：

而且好像
還給蘇聯坦克
狠狠的
輾過
而且正如
棄屍
給冷落了
在無定河邊

這兩節詩都與時事有關。當時蘇聯尚未解體，東、西冷戰正熾，華沙公約與北大西洋公約兩大集團時相對峙。戴天這兩節詩一則指涉一九六九年初的布拉格之春事件——蘇聯坦克車蠻橫開進捷克首都布拉格，輾碎了捷克人民爭取自由之夢；另一則指涉當時中國大陸的文化大革命，文攻武鬥不斷，河上浮屍時有所聞。總之，在戴天筆下，人類野蠻，地球醜陋，世界紛爭不斷，在外太空回眸地球家園，這簡直是一個上帝棄絕，天使不願涉足的地方。

在這一組主題相關的作品中，麥利斯之文與戴天之詩，依苗苗的看法，是兩位不同國籍的詩人「用一半同情一半譏諷的語氣發抒一種新的感悟」。苗苗之〈杭思朗的左腳伸出以後〉卻另有關懷。苗苗者，白垚也。在這之前，他即曾以此筆名不時在《學生周報》談文論藝，行文風趣，語多幽默，偶爾諷刺與挖苦兼而有之，文氣與語氣皆與白垚別的文章大不相同。此文題目中提到的杭思朗（Neil Alden Armstrong）即第一位登陸月球的美國太空人，在踏上月球那一剎那，他說了一句日後舉世皆知的名言：「這是個人的一小步，卻是人類的一大步。」

苗苗此文顯然旨在回應麥利斯與戴天二人之作。只是他另闢蹊徑，不談人類，不談地球，也不談世局，反而藉登月事件省思文學創作的本質。在他看來，登陸月球戳破了「詩人千百年來對月亮的可愛夢想」，不過詩人如果不甘故步自封，或許應該與時俱進，「應該願意將自己看得和時代接近一點」。苗苗的本意在提醒詩人，新的情境應該要有新的作為，至少不妨思考「詩創作上的蛻變問題」。詩人確實有其不變的關懷：「生命的意義和天道的有無，仍然絞糾著詩人的心靈，仍然可以使詩人痛苦地思索。」儘管如此，在人類登陸月球，對月亮的古典想像破滅之後，詩人無可避免地面臨新的挑戰：「他對人類本身的看法，已不只是站在地球上平面的看，他面對著一個新的角度，從太空看地球，從月亮看地球，這種新的觀察角度，勢必啟發一種新的感受，一番新的心情。」

苗苗將文學創作視如登月壯舉，兩者性質與規模雖然不同，本質上卻都是向未知探索，都屬於創發事件。他認為「任何一件有創作性的事，都是智慧和勇氣的表現，無智慧則不足以思索探討，無勇氣則不足以破除萬難以立新」。這些說法其實意有所指，主要在批評當時馬華文學界流行一時的功利主義。為掙脫功利主義的桎梏，他揭櫫一種無所為而為的創作觀，企圖將創作自種種強調外在目的的束縛中解放出來，因為「智慧與勇氣的表現並不需要一個目的，表現的本身就是一個目的」。這些論點今天聽起來稀鬆平常，在四、五十年前馬華文學的意識形態環境中則是另一回事。苗苗在文章結束時進一步闡釋他的觀點，他說：「無所為而為是一種高貴的情操，科學上如此，文學上也是如此。如果詩人們能在登月後舉世的勝利沸騰喧嘩中，冷靜沉思，一方面重估這種情操的價值，一方面放棄了幻想的自憐和帶怨的回顧，以一個新的境界作出發點，重新思索、探討、創作，那麼，杭思朗伸出的左腳，不但沒有粉碎詩人的夢想，反而給詩人伸出一個新的創作時代。」這個結論語帶樂觀，態度誠懇，今天看起來仍不失其意義。不過我遍讀白垚的巨著《縷雲起於綠草》，卻不見此文蹤跡，似乎也未見當年他以筆名苗苗發表的其他文章。不知何故？

白垚惜墨，出書自有規劃，或許只能說他對這類文章另有個人的考慮。

二〇一五年六月二十九日於臺北

# 陳瑞獻與《蕉風》

我與瑞獻超過半個世紀的交情，非僅不因時空距離而生疏，反而因年歲日增而益形醇厚，彷如我所見的瑞獻近作，早已不拘形式，自由自在，毫無罣礙。

收到張錦忠寄來他所英譯的《陳瑞獻詩選，一九六四至一九九七》(*Tan Swie Hian: Selected Poems, 1964–1997*)，內容我尚未細品，惟就設計、印製及裝幀而言，整本詩選在外型上堪稱上乘。褐底封面，居中者為詩人特寫頭像。這個封面設計立時讓我想起四十年前的一期《蕉風》。正巧我的書架上還保存著這期《蕉風》——那時的《蕉風》還是一份月刊。一九八〇年十一月份三三二期的《蕉風》是「陳瑞獻集珍莊個展專號」，一張陳瑞獻年輕的臉幾佔整個封面。對照這兩張相隔四十多年的臉，歲月為我們做了最好的詮釋。一九八〇年正好是我滯居臺北第十年，當然沒法趕上瑞獻在吉隆坡集珍莊的個展，不過我倒是應當時編輯張錦忠（筆名張瑞星）之邀為《蕉風》這個專號寫了一篇短文，題為〈十年不見瑞獻——為瑞獻畫展而寫〉，文長僅數百言，四十年來卻從未收入我的任何文集。如今讀過我這篇舊文的人應該不多，就讓我存錄如下：

今年春天，瑞獻與小菲帶著兩個孩子有臺北之行。十年闊別，異地重逢，興奮之情可想而知。十年當中，彼此之間很少通信，不過，只要有認識的朋友到臺北來，我幾乎毫無例外地，總要打聽瑞獻的消息。春天的那個夜裏，臺北飄著毛毛細雨，我們置身在仁愛路老爺大廈的樓房中，交換著十年來的多少人事滄桑。不曉得在瑞獻眼裏，我有多少變化。我只覺得，瑞獻已比十年前瘦了許多，儘管兩眼仍舊炯炯有神，當年的語氣神情依然有跡可尋，然而心境畢竟已非從前了。如今細想，恐怕那就是「見山又是山」的境界吧。

和瑞獻認交十幾年，真正相處的時間卻沒幾天。初次見面是在新加坡，第二次在臺北，兩次之間竟然相隔十年。十年間雖然鮮少形式上的往還，臺北重逢，我們卻又無所不談。相互間的關懷，十年間想來並未中斷。瑞獻後來在信上說好不容易從人海中把我找回來，看似戲語，然則證諸他和小菲到臺北後即設法與我連繫，又非戲語。

瑞獻待人，純以真情。他在習禪悟道之餘，對家庭兒女之執著，尤其令人訝異。這份真情，不僅投射到家庭朋友身上，也同時反映在他的藝事中。我對他人談起瑞獻，每每避免才情二字。瑞獻才情過人，世人皆知。然其智慧之高，卻鮮為他人提起。十幾年前，瑞獻馳騁文壇，卓然有成，他在創作上的膽識與創見，已有定論。之後，瑞獻忽然放棄寫作而轉向其他藝事，或紙刻，或水墨，或油彩，或金石，莫不成就斐然。實則不論文學或藝術，瑞獻所秉持者不外真情而已。由於這份真情，瑞獻對於自己的作品，據我所知，無不投下巨大的心力。真情生則心不虛，心不虛就能堅持自己的原則與信念，就能放膽創作。瑞獻今日之成就，實非偶然。

談瑞獻的文學成就，我還可勉力為之。若討論他的其他藝事，則已超越我的本行。瑞獻曾告以能見天堂，其實天堂之有無本存乎一心。大抵世間一切偉大的文學或藝術創作，無不充滿靈象（vision），這些靈象正是作家藝人心生之天堂。瑞獻能見天堂，端看他作品中的種種靈象，寧非可信？

文中提到的仁愛路之老爺大廈其實是瑞獻法國友人戴文治（Michel Deverge）之寓所。那天夜裏臺北微雨，我們見面長敘後瑞獻即當場以水墨為我寫字作畫，這些字畫我隨後以長幅裱過珍藏至今。此文雖短，但隱然可見我與瑞獻之間之情誼。誠然，四十年後重讀舊文，其不足顯而易見。經過了四十年，瑞獻已是蜚聲國際的多媒體藝術家，是新加坡文化界的扛鼎人物。這些年來，我每經新加坡，只要瑞獻人沒出國，我幾無例外會到他的古樓畫室看他，觀賞他的新作，有幾次甚至促膝長談，至凌晨才返回旅館。他或以書畫見贈，或邀來舊雨新知，並以宴飲款待，每每至餐館打烊方罷。有一次瑞獻請來高齡

《陳瑞獻詩選，一九六四至一九九七》
（張錦忠英譯，二〇二一）

《蕉風》月刊三三二期（一九八〇年十一月）
陳瑞獻專號

八十的梁明廣先生，令我分外感動，那時我已未見梁先生不下四十年。梁先生早年以筆名完顏藉暢論現代文學，並且主編當時新加坡《南洋商報》的「文藝」版，對我頗多鼓勵，曾經將我的小說〈戒嚴〉分四次刊登在「文藝」版上。我與瑞獻超過半個世紀的交情，非僅不因時空距離而生疏，反而因年歲日增而益形醇厚，彷如我所見的瑞獻近作，早已不拘形式，自由自在，毫無罣礙。

我與瑞獻認交當在一九六〇年代中期，最初因寫詩而偶有書信往來。其時我尚在檳城，記得瑞獻還給我寄來南洋大學佛學研究社之社刊《貝葉》，世事難料，十餘年後南洋大學竟被迫消失在歷史的帷幔背後。一九六八年我赴八打靈再也參與《學生周報》編務後，我和瑞獻的連繫漸多。一九六九年馬來西亞五一三種族暴動過後，友聯出版社內部人事似乎做了局部調整，擔任《蕉風》月刊主編多年的小說家黃崖忽然去職，姚拓與白垚在倉皇中接下《蕉風》編務。後來白垚找我詳談，希望我能挪出時間分擔《蕉風》編務。當時姚拓與白垚在友聯集團中各有專職，姚拓主要負責教科書與參考書的編撰和出版，白垚則需全力主持馬來亞印務公司的業務，《學生周報》絕大部分的編校工作都由我和悄凌負責，每週一期，必須做到準時出版，一天也不能延誤，其忙碌可想而知。不過我還是答應白垚，願意參與接編《蕉風》。這是義務職，雖然工作倍增，不過當時年輕，加上對文學的熱情，我其實對這份額外的工作充滿期待。

我是《蕉風》的老讀者，也有創作發表在黃崖時代的《蕉風》；只不過依編輯《學生周報》文藝版的經驗，我深知稿源將會決定刊物的品質與未來，開發稿源因此是當務之急。我於是向白垚建議邀請陳瑞獻加入編輯群，以瑞獻在新華文壇建立的網絡，應該可以號召一批作者在稿源上長期支持《蕉風》。我們大概忙碌了兩個月，《蕉風》革新號的二〇二期終於在一九六九年八月出刊，果然一新耳目，頗獲好評。這一期的創作幾乎全屬新馬兩地的作者，這是過去的《蕉風》少有的事，而在稿源上為新一期《蕉風》貢獻最大的無疑就是瑞獻。甚至改版後《蕉風》正方形的二十四開本也是出於瑞獻的構想。一九六八年瑞獻以牧羚奴的筆名，由新加坡五月出版社印行其第一本詩集《巨人》，用的就是這個開本；兩年後我也採用這個開本，由檳城犀牛出版社推出我的詩集《鳥及其他》。此後五月出版社、犀牛出版社，乃至於蕉風文叢都以這個開本出版詩集和文集。張錦忠曾戲稱我們屬於新馬華文文壇的六八世代，巧的是，幾乎六八世代的出版品採用的都是這個開本。肇始者正是瑞獻的詩集《巨人》。半個多世紀之後，張錦忠遠在高雄主編「跨太平洋群島詩與詩學叢刊」時，出版我的好友威雷伯（Rob Sean Wilson）所著詩集《妮基塔月升起時》（*When the Nikita Moon Rose*），也回頭採用這個開本，在象徵意義上彷彿是對六八世代的緬懷。

《蕉風》改版後的第二期，即二〇三期，我們四位被稱為編輯人的名字才正式在刊首出現，而且用的都是當時的筆名：姚拓、牧羚奴、李蒼及白垚。應該是出於謙虛，白垚堅持把自己的名字排在最後。我們的分工是逐漸形成默契的。姚拓工作繁忙，無暇顧及《蕉風》；白垚對改版後的《蕉風》甚為關心，只是正職佔用他太多時間，而且他那時風華正茂，還不時參與吉隆坡劇藝研究會的活動，只能對《蕉風》編務看前顧後，或者偶爾提供想法，不過每期題為〈風訊〉的編後話倒是向例由他撰寫；在這種情形之下，《蕉風》實際的編校工作自然就落在我的身上。瑞獻則在譯寫與約稿方面給予最大的助力，尤其在短短一年之內，我們先後推出三個專號，即二〇五期（一九六九年十一月）的「詩專號」、二〇七期（一九七〇年一、二月）的「戲劇特大號」，以及二一一期（一九七〇年六、七月）的「小說特大號」，在華文文學刊物史上，這些壯舉若非絕無僅有，恐怕也並不多見。五十年後我再次翻閱這些專號，回想當年我和瑞獻為《蕉風》郵電往來頻仍的情形，往事歷歷；這些專號能夠如期出版，瑞獻幕後的策劃與組稿顯然功不可沒。不僅如此，當時《蕉風》的封面設計幾全出於他的構想，他為世界著名作家所作的水墨枯筆畫像，往往數筆勾勒即教作家神情畢現，更是那期間《蕉風》的一大特色。多年後我和瑞獻談起改版後的《蕉風》，雖已人事全非，可舊事並不如煙，許多舊事其實隱約可見當年我們的革命感情。

我一直要到一九七〇年三月《蕉風》「戲劇特大號」出刊後才第一次與瑞獻見面。那年三月下旬我陪姚拓與白垚出訪新加坡，對我而言則是初訪。在新加坡盤桓數日，與《蕉風》的作者頗多互動，這些作者大多數又與五月出版社關係密切。三月二十九日上午我們與這一群年輕作者座談，地點就在瑞獻芽蘢二十八巷的住家。畫家邱瑞河還在現場為每一位參與座談者速寫畫像。這場座談紀錄經整理後在二〇九期（一九七〇年四月號）的《蕉風》刊出，我細讀這份紀錄後發現，我和瑞獻竟然不約而同，在座談中幾乎不發一語。是因為我們身為《蕉風》編者，刻意把機會留給作者？我從未就此事問過瑞獻。我們都曾

陳瑞獻為李有成所作枯筆畫像〈有成印象〉，一九八一

經一南一北面對所謂現實主義者的挑釁，新加坡詩人潘正鐳即曾轉述瑞獻的話說：「有成當年在馬，為現代文學之奮起，與我並肩作戰，情同手足……。」或許當時我們有過面對文壇紛擾之經歷，深切感知創作遠比言談更為重要？

那一年《蕉風》「小說特大號」出刊後不久，我就辭去友聯出版社的工作，放下《學生周報》與《蕉風》的編務，九月初即帶著簡單的行囊負笈臺灣，一如文前那篇舊文所敘，要到十年之後才在臺北與瑞獻重逢。我居留臺灣倏忽間已超過半個世紀，瑞獻當然偶有臺北之行，有一次他因書法受故宮博物院莊申副院長之邀訪臺，我去他下榻的圓山飯店看他，他竟隨行帶來數公斤重的巨冊畫集相贈。這份心意至今仍令我感動不已。十餘年前，執友王汎森因仰慕瑞獻畫名，為祝賀其業師余英時先生八十壽慶，託我請瑞獻為余先生作水墨畫像。這是第一次我貿然向瑞獻請託，瑞獻欣然同意，使我不負所託。余先生見瑞獻所作畫像，欣喜萬分。余先生不幸於二〇二一年八月間以九十一歲耆壽在睡夢中離世，然其畫像至今仍懸掛於書房之中，一如生時。我唯一一次向瑞獻求畫，是請他為其畫室老貓卡卡素描留念。瑞獻慨允所請，二〇一四年八月間我路經新加坡，瑞獻即以細筆素描之卡卡畫像相贈。不久卡卡即因衰老壽終，我慶幸及早請瑞獻親筆為卡卡留下身影。二〇一八年我出版詩集《迷路蝴蝶》，收有〈深夜訪陳瑞獻於古樓畫室〉一詩，詩末即附有瑞獻所繪卡卡畫像。過去二十年間，我每赴歐洲開會或研究，途中多選在新加坡過境停留，因此與瑞獻見面的機會增多。〈深夜訪陳瑞獻於古樓畫室〉詩末有以下數行：

五十年的人事，五十年的
天真與世故
藝事不老，在古樓
古樓的深夜
在紅酒的輕漾中
我們——我們一如從前。

這個「從前」，細想起來，或許緣起於半個多世紀之前，瑞獻與我參與改革《蕉風》那段令人懷念的年輕歲月。

二〇二一年十二月二十日凌晨於臺北

退潮後夕陽下的班茶漁村海灘

# 第二部分

學院。舞臺。市街。公寓

# 我的一九七〇年代

剛好張貴興進入師大英語系念書，我們認識後，有一段時間經常見面；尤其我在碩一、二的時候，一到週六晚上，我們就泡在師大宿舍後面的冰果店，觀賞鳳飛飛的節目「一道彩虹」。

二〇〇六年我將若干舊作輯成詩集《時間》出版。在代序〈詩的回憶〉中有這麼一段文字：

一九七〇年以後，由於生活與時空的改變，我在創作上的關懷也有相當大的改變。一九七〇年代的臺灣，經濟正蓄勢待發，但在全球冷戰政治的默許下，整個政治社會仍然在戒嚴體制下艱辛地維繫其老舊的法統機器，文學與文化生產也遭受相當程度的扭曲，而且跟整個社會的脈動已經逐漸脫節。我突然間投進這樣的一個時空，從初來乍到的陌生到逐漸融入新的環境，我設法貼近這個社會的歷史脈搏，並且在這種心境下寫出像〈龍泉街日記〉、〈辛亥年歲暮西門町所見〉、〈琴與爭辯〉之類的作品。

這段文字相當簡略，是我一九七〇年代文學生活的縮影，其中有若干細節或許可以稍加填補。

一九七一年秋天我進入臺灣師範大學英語系就讀，學校的法定任務在培養中學師資，雖然校風保守，英語系的若干課程卻為我打開新奇而有趣的文學門扉，我開始了正式的文學研究訓練。雖非中世紀那種寺院式的靈修，但自此連續漫長的十五年，我要到一九八六年在臺灣大學取得最後的學位後，才結束這種幾乎是無日無夜的學院生活。在這十五年間，我的身分也從學生慢慢遞增，逐漸扮演起家庭與社會所賦予的不同角色。

一九七〇年代的臺灣社會正邁向轉型，被壓抑多年的島嶼終於漸漸甦醒，等待時機釋放其蟄伏已久的生命力。儘管政治社會仍有諸多禁忌，在知識與文化生活上，許多人已開始忐忑不安地尋尋覓覓，希望在縫隙中探求生機。雲門舞集、雅音小集、校園民歌、藝術團契、現代詩論戰、鄉土文學論戰、有關臺灣社會力與政治改革的辯論等都在短時間內同時或接連登場，整個社會一時籠罩在急切反省的氛圍中。政治社會當然也發生了許多大事：中華民國退出聯合國，蔣中正與毛澤東先後棄世，臺灣進入蔣經國時代，接著中(臺)美斷交，臺灣在外交上漸趨孤立，黨外運動更是風起雲湧，一黨獨大的政治結構已經面臨嚴峻的挑戰。不過對當時的許多大學生而言，政治社會畢竟還是遠了一點，反而是知識與文化生活比較易於親近。

讀師大的好處是不愁食住，基本生活不成問題。大學那幾年最好的時候每月有公費新臺幣三百元，扣除飯票兩百七十元，還剩有零用錢三十元。那時大約四、五元可以吃到一頓自助餐，宿舍的伙食不可能好到哪裏去，我們常常盼望著三節加菜，不然就是孫中山和蔣中正的生日。有時候菜色實在太差，用餐時我們竟以鐵湯匙敲打盛菜的鋁盤抗議，不斷吵鬧說：「只比大陸同胞好一點！」那些年大陸還在鬧文革，文攻武鬥不斷，時不時會有官方宣傳的反共義士駕機來歸，大陸同胞的日子似乎真的深陷水深火熱之中，日後的改革開放當時是無法想像的，我們對伙食的抱怨顯然是有客觀現實的參照。那是戒嚴時期，這樣的抱怨雖然半帶玩笑，不過是有可能惹事的，教官倒很通情達理，只是耐心地安撫我們。

學院以外的知識與文化生活也需要資源，那些年我也趕熱鬧看了幾場雲門、雅音及藝術團契的演出，還買了不少禁書。所謂禁書其實主要是大陸版有關中國文史方面的著作，與我的本行倒沒有直接關係。這些禁書有的作者不詳，有的作者換了名字，有些甚至改了書名，不過我們都知道原著是怎麼一回事。譬如，我在鍾靈中學讀書時雖然讀過易君左的《中國文學流變史》，但是要到師大之後才有機會讀到劉大杰的《中國文學發展史》，只不過我讀的版本書名卻改為《中國文學發達史》，書前書後也沒印上作者的大名。師大周邊有幾家書鋪，專營禁書，我們都很熟門熟路，有的書鋪主人偶爾會失蹤一陣子，後來聽說是被警備總部找去了。那時候民智漸開，賣這些禁書純粹是為了謀生，沒有什麼政治目的，書的內容也並非「為匪宣傳」，因此相對而言只是輕罪，拘留幾天或幾個星期也就沒事了。我認識一家小書店的老闆，他就這樣進進出出了好幾回。

當時找外快多半靠家教。我做過家教，但比較少教國、高中英文，教的較久的有兩位學生。一位是剛退伍的年輕人，準備舉家移民美國，需要加強英語會話；一位是剛進明道學校就讀的小女生，我主要教她英語會話與閱讀。她的家長在民生東路經營食品店，逢年過節都會送我一堆食品。我的收入另一個來源是翻譯，通常是利用寒暑假替外系的老師翻譯教材。翻譯按字計算，每千字新臺幣五十元。我和好友黃良日連續做了幾個寒暑假的翻譯，後來我在書店翻閱一些教科書，無意中發現有兩、三本教科書的若干章節似曾相識，原來竟是出於我的譯筆。那畢竟是個還沒有版權觀念的年代。

除了翻譯，我也寫稿。我寫了若干美國現代戲劇的評論，陸續投寄給《中華文藝》月刊。《中華文藝》應該是軍方的外圍刊物，主編是詩人張默，編輯部設在仁愛路一棟樓房的華欣文化事業有限公司裏。我後來跟張默熟了，還不時到編輯部去找他。到底當時我們都談些什麼，現在已不復記憶。張默健談，說話又快，為人熱情，對詩非常虔誠。小說家段彩華好像也在華欣上班，我讀過不少他的小說，因此偶爾也順道去看他。事隔多年，後來也沒再見面，我猜想他大概已不記得當時有這麼一位年輕人了。

張默知道我也寫詩，有一年暑假他邀我去當時臺北縣的金山參加一個類似文藝營的活動。我不清楚主辦者是誰，也沒有人跟我收取任何費用，就這樣到金山海邊待了兩、三天。究竟是怎樣搭車到金山去的，甚至參加活動的是哪些人，現在已記不起來了。張默是從頭到尾都在，瘂弦好像也來了，似乎還有洛夫，大約有十幾二十個人參加這次的活動。其實也談不上什麼特別的活動，無非是談文說藝，細節已經毫無記憶。至今我只記得有個晚上在戶外微火中聽彭邦楨朗誦情詩，很受感動。他那時正跟一位非裔美國女詩人熱戀，情詩熱情洋溢，有一首〈花叫〉最令我印象深刻。

雖然跟張默很熟，但是他也沒有邀我加入創世紀詩社。除了師大的噴泉詩社，我也未參加臺北任何詩社的活動。師大的詩社以噴泉為名，靈感可能來自校本部一進大樓前的那座噴水池。這座噴水池在一九七〇年代末被蔣中正的銅像所取代，前不久銅像被移放到校園的一個角落，換上了花圃。物換星移，現在大概師大也沒幾個人知道那兒原來有一座噴水池了。

應該是一九七三年左右，我負責《噴泉》詩刊的編務，出版了兩期的詩刊。《噴泉》原為半年刊，一九七三年剛好碰上世界性的能源危機，石油的價格以倍數跳漲，臺灣的物價也跟著飛漲。《噴泉》的出刊大受影響，原來足以出版兩期的經費只勉強可以應付一期，我跑了幾家印刷廠，最後是耕莘文教院附近的一家小印刷廠願意幫我們印製。

平時詩社也沒有什麼活動。我只記得有一天晚上瘂弦來演講，地點在學校古色古香的大禮堂，應該是詩社邀請的，演講時我還在毫無準備之下充當主持人。瘂弦早到，我陪他在校園散步，其時瘂弦擔任《幼獅文藝》的主編，在文藝界很有影響力，我們談到羅青，《幼獅文藝》當時刊登了不少羅青的詩。瘂弦愛護後進，鼓勵我多向《幼獅文藝》投稿，只是我的創作量少，也就沒有積極回應。我那時候讀了不少余光中老師的詩，大二或大三那年就寫了一篇論文，討論余老師詩中的火焰意象。我把論文投到《中外文學》去，幾個月後，論文竟然刊登了出來，讓我欣喜萬分。我要到大四那年，才有機會去聽余老師所開的「現代詩」。

除了給《中華文藝》寫些美國戲劇評論，我花了不少時間閱讀現代戲劇，特別是荒謬劇，甚至自己還嘗試寫了幾齣短的啞劇，不過都沒有發表，現在也找不到存稿了。當時剛好新加坡的林山樓要辦一份叫《樓》的刊物，來信跟我邀稿，我就譯了旅法西班牙劇作家阿拉貝爾（Fernando Arrabal）的獨幕劇《兩個劊子手》（*The Two Executioners*）寄給他。阿拉貝爾除了是劇作家，還是導演、小說家、詩人、評論家，一生創作精彩而豐富。

大二那年，英語系舉辦英詩朗誦比賽，我去朗誦了哈姆雷特那段"To be or not to be"的著名獨白，僥倖獲得第三名，有一筆小獎金，必須購書才能報帳。我去中華書局買了幾本書，其中一本為威廉斯（Raymond Williams）的《現代悲劇》（*Modern Tragedy*），當時我對威廉斯了解不多，只因為迷上現代戲劇才買了這本書。我怎麼也不會想到，日後我會遍讀威廉斯的著作，他的文化物質主義至今仍是我的理論養分之一。

由於喜歡戲劇，我還因此在大三那年粉墨登場，參加世界劇展演出。世界劇展為中華民國劇藝學會主辦的活動，由大專院校以外語演出各國戲劇，含有競賽的性質。那一年我們演出了義大利劇作家卡塞拉（Alberto Casella）的名劇《死神度假記》(*La Morte in Vacanza*,英譯作 *Death Takes a Holiday*),導演是在英語系教英詩與戲劇的閔浩(Everett Mibach)神父。他是耶穌會教士,為人風趣;雖然不諳中文,卻說得一口典雅而道地的閩南語,完全沒有外國人的口音。

英語系循例是由大三的學生參加世界劇展,因此大二下學期就開始選角。選角那天晚上,有意參加演出的同學就到指定的教室唸幾段臺詞,我猜想主要的考慮是英語發音與語調,因為並沒有要求我們做任何表情。我原來只是覺得好玩,準備去軋個小角色,跑跑龍套,也算是為大學生活留下一點記錄;沒有想到隔了幾天,演出工作分配公布,我竟被要求演出死神這個角色。我讀過劇本,大概全劇一半的臺詞是死神的,光背臺詞就要耗掉不少時間;而且因為是主角,幾乎每一幕每一場都必須參加排演。我跟閔浩神父推辭不果,只好硬著頭皮擔綱大任。那一年暑假除了翻譯賺外快之外,我幾乎每天都在背劇本,還要一再揣摩角色的語氣,詮釋他的心情。那個年頭學校宿舍既無冷氣也無風扇,夏天室內悶熱,我只好在走廊和室外的空間大聲朗讀道白,還因此招惹外系同學的冷言冷語。

《死神度假記》的故事並不複雜：死神為了解世人何以對他畏懼，刻意休假三天，親自到人世間走一趟。他找上一位藍柏特公爵（Duke Lambert），坦誠告以來意，並在公爵宅邸作客。沒想到在短短兩、三天內，他愛上公爵的未來媳婦格拉齊婭（Grazia）。死神終於領悟，因為人間有愛，世人才因此對世間眷戀不已，其實並非對他畏懼。公爵求他放過格拉齊婭，只是告別的時刻到來時，格拉齊婭卻選擇隨他而去，愛終於戰勝對死亡的恐懼。這個故事很多人可能有些印象，若干年前布萊德彼特、安東尼霍普金斯與克萊兒馥蘭妮等合演的《第六感生死緣》（*Meet Joe Black*），故事主線所據就是這齣我曾演過的《死神度假記》。

大三開學後，我們即利用晚間開始排演，地點多選在耕莘文教院。從每週一次到逐漸密集，到了下學期輪到我們演出時，我已經把劇本背得滾瓜爛熟。演出地點在臺北植物園裏的小劇場，一共演出兩個晚上。整齣戲裏我從頭到尾著黑長褲，上衣為俄式紅色軍裝，最後一幕攜格拉齊婭離去時，我則外加黑色長披風，當然象徵著恢復死神的面貌。此時舞臺燈光漸暗，牆上的掛燈也跟著熄滅。

演出英語舞臺劇《死神度假記》，李有成（中間）飾演死神，一九九四

世界劇展在各校輪番演出之後，競賽成績揭曉，我竟然榮膺最佳學生男演員，有一天晚上在同一間小劇場獲頒一座金鼎獎。我至今仍不清楚這個獎項是如何評審決定的。評審團真的會去觀賞每一齣戲劇的演出嗎？系主任在我演出後倒是找我談過，希望我大四畢業後留在系上當助教。我把這件事放在心上，大四快畢業時真的去問過系主任留在系上的可能性，我獲得的答案是不置可否。我了解系主任可能有其為難之處，就知趣地不再重提此事，並且認真地到現在國家圖書館旁的弘道國民中學實習一年，翌年考上臺大外文研究所碩士班，從此走上另外一條人生道路。這件事帶給我深刻的體會，人生的際遇充滿偶然，造化弄人，得失無須強求。

我對戲劇的興趣並未隨演戲的結束而終了。大三暑假我發奮閱讀希臘悲劇，當時我已經上了滕以魯老師的「戲劇選讀」，對希臘古典戲劇非常著迷。那年暑假我就從圖書館借了幾種英譯本，將索福克里斯（Sophocles）的《伊底帕斯王》（*Oedipus the King*）與《安狄崗妮》（*Antigone*）譯成中文，本來還想翻譯《伊底帕斯在柯隆納斯》（*Oedipus at Colonus*）的，這樣就完整譯完索福克里斯的三大悲劇，只是不知何故並沒有完成這個宏願。前兩齣悲劇譯完後我也沒有設法出版，現在譯稿已不知流落何處。

大三或大四時我還寫了一篇小說，那就是後來刊登在《蕉風》的〈印度〉。那是一九七〇年代我寫的唯一的一篇小說。一九七六年秋天我進入臺大念碩士，發現要讀的書很多，心思開始轉向學術。其時我分租陳鵬翔位於羅斯福路巷子裏的房子，李永平尚未赴美深造，在臺大外文系當助教，主要負責《中外文學》的編務。永平不時來鵬翔家，我們就這樣認識的，都快四十年前的事了。那時我還偶爾寫詩，只是數量不多，有的永平就拿到《中外文學》發表。後來永平出國去了，至一九七〇年代結束，我再也沒有任何詩作。

一九七〇年代末剛好張貴興進入師大英語系念書，我們認識後，有一段時間經常見面；尤其我在碩一、二的時候，一到週六晚上，我們就泡在師大宿舍後面的冰果店，觀賞鳳飛飛的節目「一道彩虹」。張貴興很快就在小說創作上嶄露頭角。那幾年臺灣內外的世界已經在急驟變化，一九七六年大陸的十年文革結束，臺海兩岸都換了領導人。大陸在一九七八年開始漸趨開放，中（臺）美斷交後，臺灣的外交節節失利，整個內政也漸漸進入葉慈所說的「中心攫不住」的狀態，不過臺灣在各方面卻也因此順勢開展了許多契機。

一九七七年我在朱炎老師推薦下進入中央研究院美國文化研究所擔任約聘僱助理，雖然並未遠離文學，但是埋首文學研究，在學術上另外發現新的天地，一時再也無暇兼顧創作了。

二〇一三年十二月二十九日於臺北

# 受教記：李達三老師

上課的同學越來越少，到了第三週大約就有一半以上的同學不見了。他們也不是真的逃課，而是跑到同一時段李達三老師的課堂去聽課。我是其中一位「不見」的學生。

二〇一〇年十二月十五日，那天下午我應東吳大學英文系之邀，到系上給年輕老師講解如何申請專題研究計畫，具體講題現在已經忘記，不過我還清楚記得，到了現場我才發現，在座的還有好幾位外籍教師。由於事先準備的簡報檔是中文的，為了尊重不諳中文的聽者，我改以英語演講。這個插曲讓我記憶深刻，因此我特別記得這一天。就在大家坐定，我正要開始演講的時候，一位助教跑了進來，問我演講結束後有沒有時間，李達三（John J. Deeney）老師想邀我喝杯咖啡，就在學校的咖啡廳。我當然滿口答應。

演講結束後，助教過來帶我到咖啡廳去。咖啡廳裏人還不少，李老師早已端坐在座位上。我其實已經多年未見李老師，他還記住我這位老學生，教我十分感動。多年未見，我自己已經滿頭白髮，老師當然也不再像我記憶中那麼年輕了。他要我多點些吃的，我只要了一杯咖啡。說來慚愧，我知道教過我的李老師和袁鶴翔老師那個時候都在東吳大學，可我始終不曾過來探望他們。理由可以有一大堆，只是稍微想想，這些理由都無法改變事實。那天下午我們在咖啡廳待了大約個把小時，不難想像，李老師最關心的自然是我和單德興在中央研究院的研究工作，尤其是我們的一些研究議題。那天離開咖啡廳時，李老師堅持由他埋單。我們走出咖啡廳，他就在咖啡廳門口目送我離去。我走了幾步，回過頭來跟他揮揮手，他還站在那兒揮手回應。那是我最後一次跟李老師見面。一年多以後，二〇一二年的夏天，李老師就從東吳大學退休，離開他生活多年的臺北，回到美國匹茲堡。

我第一次見到李老師是一九七三年的夏末初秋，近五十年前的事了。那一年我升上大學三年級。師大英語系到了大三就會分成文學組與語言學組。我當然選擇了文學組。即使分組，有些科目仍然屬於兩組的必修學分，「英國文學史」是其中之一。只是不知道基於何種原因，那年的「英國文學史」竟然改為「英美文學史」，依舊是一學年的課，每學期三學分，卻必須在一年之內修完英、美兩國的文學史。英語系在文學院裏算是大系，每一年級都分成甲、乙兩班。「英美文學史」也分成兩班上課。我被分到甲班。教甲班「英美文學史」的是一位我們從未聽過的美籍教師。教乙班的則是李達三老師——我們都已經是大三的學生了，當然聽過李老師的大名。

甲班的「英美文學史」上課地點是如今已不存在的A1教室，那是英語系兩間大教室之一。為我們上課的老師年在四十上下。究竟他怎麼自我介紹，年代已久，我已經毫無印象了。我倒是清楚記得，他坐定後就要我們打開《諾頓英國文學選集》(*Norton Anthology of English Literature*)，翻到彌爾頓（John Milton）那一部分，接著就開始要我們讀《失樂園》(*Paradise Lost*)。我雖然沒上過英國文學史，但是也讀過簡要本的相關著作。一門文學史的課怎麼可能不按時間順序從頭讀起呢？班上絕大部分的同學都是第一次接觸英國文學史，對英國文學的來龍去脈近乎茫無頭緒，突然間就要閱讀像《失樂園》這麼一部偉大的史詩，這是讓人無法了解的事。我還是耐心聽課。現在一般通行的《失樂園》全詩分十二章，長約一萬一千行，《諾頓英國文學選集》當然只能節選若干章節供讀者欣賞。三個小時下來，老師似乎只是隨興選讀了一些章節，稍稍解釋某些詩行，至少對我而言，並未因此而對彌爾頓或《失樂園》增進了多少了解。

到了下一週，情況依舊，這位老師顯然並無「史」的意識或概念，只是隨意讓我們選讀某些詩篇。我甚至懷疑他是否受過文學訓練。當時我還選修了一門叫「美國文學」的課，主要選讀一些美國經典文學作品。授課的是一位美籍女老師，三十來歲的年紀，長得很漂亮。她對作品的詮釋相當到位，看得出來受過很好的文學教育。我們後來才知道，她是一位傅爾布萊特學者（Fulbright Scholar），教我們「英美文學史」的是她的先生。我就這樣胡裡胡塗上了兩、三週的「英美文學史」，眼看著上課的同學越來越少，到了第三週大約就有一半以上的同學不見了。他們也不是真的逃課，而是跑到同一時段李達三老師的課堂去聽課。

我是其中一位「不見」的學生。大概從第三或第四週開始，到了「英美文學史」的上課時間，我和幾位同學不是穿越和平東路，往圖書館校區的英語系系館走，而是朝相反的方向，沿著龍泉街，穿過略顯髒亂的古亭市場，走過市場旁邊的古亭國民小學，再越過羅斯福路來到天主教耕莘文教院。那時候耕莘文教院前，從汀州路往南連結羅斯福路與辛亥路交叉口的地下車道還未拓建，那一帶的車流也不像現在那麼複雜。我還記得古亭市場羅斯福路那頭的入口處有一家滷肉飯攤位，我們偶爾提前離開宿舍，上課前順便在那兒吃上一碗滷肉飯。若干年後，我發現這家滷肉飯搬到了現在臺電大樓對面的巷口，就在溫州公園附近。

李老師就在耕莘文教院為學生上課。他當時住在耕莘文教院的宿舍，就在同一棟大樓裏。上課的地點是一間開放式的活動空間，沒有固定的座位，因此學生的椅子是臨時擺上去的。可想而知，乙班的同學之外，加上我們這些旁聽生，一時間權當教室的空間擠滿了同學。李老師那時候才四十出頭的年紀，高大英挺，每次上課，他身上散發的總是活力與幹勁。他不僅走路快，說話也快，而且上課絕對不講閒話。一年之內要上完英、美兩國的文學史，近乎是不可能的任務，因此也只能走馬看花，拼命追趕進度。不過奇蹟的是，兩個學期下來，我們對英、美文學史上的幾個關鍵斷代都有了清晰的概念，每個斷代的重要作家與作品也略有所知；換言之，我們不只知道每個時代的重要作家與他們的代表作品，對整個文學的演化也多少有了「史」的概念。這個體會對我後來報考研究所幫助很大。

李老師那時候還是天主教耶穌會的神父。耶穌會初創於十六世紀中葉，在世俗活動中重視扶貧與興學，尤其鼓勵修身治學，因此傳統上耶穌會會士知識豐富、學問淵博，像利瑪竇（Matteo Ricci）、湯若望（Adam Schall）、南懷仁（Ferdinand Verbiest）等明清時代來華的著名傳教士，毫無例外都是耶穌會的神父。在師大求學期間，除了李老師，教我「近代文學」的談德義（Pierre E. Demers）老師也是耶穌會神父。這兩位老師對我早年的學術養成影響很大。兩位老師當時還召集了幾位英語系的年輕教師，編撰一系列以詩為主的英美文學作品導讀，稱之為Comprehensive Study Guide。這個概念最初出於幾位年輕老師組成的讀書會，其成員主要包括田維新、滕以魯、周英雄、楊敏京等幾位老師；他們不定期聚會研讀英美文學作品，最早研讀的有莎士比亞的《哈姆雷特》（*Hamlet*）、彌爾頓的〈李西達斯〉（"Lycidas"）等，後來他們將〈李西達斯〉幾乎逐行箋註，又撰寫導言，介紹作者、詩的背景與主題等，第一冊導讀還是讀書會成員自掏腰包出版的。這也是我讀到的第一本導讀，淺黃色的封面，印上書名，沒有什麼設計。後來李老師與談老師參與其事，李老師更向美國新聞處接洽，美國新聞處提供贊助，一度由新亞出版社出版，之後又改由學生英文雜誌社出版。後來選擇的作品偏向美國文學，如惠特曼（Walt Whitman）、康明思（e. e. cummings）、史蒂文斯（Wallace Stevens）、艾略特（T. S. Eliot，當然他也算是英國詩人）、龐德（Ezra Pound）等，並不是沒有原因的。

李老師上課有一個特色：他善用輔助教具。要知道那還是一個不知電腦，遑論網路為何物的年代，沒有光碟，沒有谷歌，沒有 YouTube，最常見的是如今已經難得一見的錄影帶與錄音帶。李老師最常使用的是卡式錄音帶，特別是上到詩歌的時候。我至今仍然喜歡吟誦英國中世紀的歌謠，毫無疑問是當年在課堂上聆聽李老師播放這些歌謠留下的影響。我現在偶爾從 YouTube 上聽到像〈藍道爾老爺〉（"Lord Randall"）、〈愛德華，愛德華〉

（"Edward, Edward"）等無名作者的歌謠，仍不免為其中的人倫悲劇所觸動，而當年在耕莘文教院上課的情形依然歷歷在目。大三那年逃課去上李老師的「英美文學史」，現在回想起來，未嘗不是一個不得不的決定。如果我繼續留在原來的班上，我對英、美文學史的了解很可能支離破碎。那是一門必修課，不能夠退選。我至今還保留著大學時代的成績單，我發現這門課上下學期的分數都滿高的，只是這些分數怎麼來的，我已經毫無記憶。分數肯定是原來的老師給的，只是究竟是交報告或在班上考試，我也已經毫無印象。只記得有一天我到系辦公室，系主任張芳杰老師看到我，就隨口問我有關「英美文學史」的事。他其實應該已經略有所聞，我只好據實以告。他說要請他們夫婦吃飯，他會跟那位老師談談同學的反應。後來的發展似乎沒有太大的改變。

一九七五年我自師大畢業，在弘道國民中學實習一年，正式取得學位。一九七六年秋天考入臺大外文研究所碩士班。第一門必修課就是李達三老師的「英美文學參考書目」，上課地點仍舊是在耕莘文教院，不過是在圖書館裏面，我們圍著一張長桌子上課。我們其實包括了臺大、師大及輔仁三校英／外文系碩士班一年級的研究生，人數在二十人左右。這是一學期的課，我們主要參考一本由李老師編著的*Style Manual and Transliteration Tables for Mandarin*，納入「淡江評論專書系列第一號」（*Tamkang Review* Monograph Series Number One）。顧名思義，這是一本特地為我們這些華人學生而編寫的論文格式與漢語音譯手冊，在那個年代的臺灣，這是絕無僅有的有關論文寫作格式的工具書。至少對我而言，這本書有很多年是我論文寫作的重要指引。有些習慣養成之後，終身受用無窮。

現在的年輕學者可能很難理解耕莘文教院圖書館的重要性。一九七〇年代在臺大念外文研究所，除了文學院圖書館的藏書外，我們仰賴校外的兩間圖書館；一間是美國新聞處的圖書館，另一間就是耕莘文教院的圖書館。前者為美國官方所有，主要收藏與美國人文與社會科學相關的著作，美國文學方面的藏書不少；後者為天主教教會所有，經多年努力，不乏英國文學與比較文學方面的庋藏。在耕莘文教院圖書館上課有個好處，上下課前後我們可以隨時到書架上翻找自己需要參考的書。在師大上「英美文學史」時，我因為是旁聽的，不好意思佔用課堂前面的位子，每次總是選擇坐在後面。上「英美文學參考書目」就不一樣了，我們圍坐著一張長桌子，李老師就在中間的一端，或坐或站，聽我們的口頭報告，引導我們討論。他上課當然是用英文，私底下談話有時候也會用中文。他的中文流利，ㄓㄔㄕ的發音清楚無誤。這樣一門重技術的課，一不小心即可能淪為枯燥乏味，李老師卻有辦法上得風生水起，使我們興趣盎然。嚴格地說，我們在班上學到的都是學術研究的基本功夫，這些功夫看似小道，卻是學術研究的基礎，是撰寫學術論文或專書的基本要求。我後來有機會批改學生的報告或審查同行的論文，才發現這些基本功夫的重要性。李老師教會我們寫論文要如何註釋（尾註和腳註），如何整理書目，如何區別註釋與書目，如何處理引文（長短不同的引文）等。甚至論文打字的行距、標點符號的應用、論文左右留邊的要求等，李老師都有嚴格的規定。細想起來，這些要求其實還隱含著學術研究嚴謹與誠實的倫理意義。我大半輩子教書與做研究，不論自己撰寫論文或批改學生作業，始終奉行李老師當年的教導。我知道人世間有些事情日新月異，應該與時俱進，不過我也相信，有些事情細節可以調整，基本精神與態度是不會輕易改變的。

這門課的期末考試很有意思。考試分成兩大部分，一部分是隨堂考試，另一部分則是書面報告。隨堂考試就在耕莘文教院的圖書館舉行，題目是現場發給的；每個人的題目不同，不過都是要我們在限定的時間內，搜尋圖書館內某位作家或詩人的作品與研究資料。由於有時間限制，整個考試緊張而刺激。為了通過考試，我們常跑耕莘文教院的圖書館，長期下來，對圖書館的藏書與其擺放位置雖非瞭若指掌，卻也大致頗為熟悉。尤其對美國國會圖書館的編目規範，留下了深刻的印象。

這門課的期末報告不是一篇論文，而是一份書目提要。我忘了自己的報告題目是李老師指定的或是我自己選擇的，我最後交出的報告題為"Annotated Bibliography of Comparative Literature in Tien Education Center Library"（〈耕莘文教院圖書館所藏比較文學書目提要〉）。要寫這麼一份報告，別無他途，只能下死功夫。有一段時間，我一有空就帶著鉛筆和筆記本往耕莘文教院跑。圖書館嚴格規定只能使用鉛筆抄寫筆記；許多年後我到倫敦大英圖書館看書，再次碰到同樣的規定。我在圖書館檢閱了比較文學的論文或專書，在筆記本上寫下摘要初稿，經過了一段時間，大概累積了四、五十則摘要；接著又花了幾天時間，以我那部兄弟牌（Brother）手提打字機打在A4紙上，邊修改初稿邊打字，花了兩、三個晚上才大功告成。我清楚記得，交報告的前一天晚上我幾乎一夜未眠，熬夜完成整份書目提要。前一陣子還看到這份書目提要的影印本，四、五十則提要，大約有二十來頁。要知道那可不是電腦輸入的時代，錯別字按鍵就可以輕易刪除。以打字機打字，打錯了只能以特製的橡皮擦或修正液塗擦，耗時費事，相當麻煩。現在回想起來，我在檳城鍾靈中學讀書時也曾受過類似的訓練。上英文寫作課時，老師有時候要我們把一篇長文濃縮成一百字或兩百字，我們稱之為 précis，其實就是在規定的一定字數內做成摘要。據說李老師後來將我們所交的書目提要放置在耕莘文教院的圖書館裏，供讀者參考。在那個還沒有網路的時代，一本本作家或文學主題的書目提要是學術研究必備的基本參考書。

那一年教過我們「英美文學參考書目」之後，第二年，也就是一九七八年，李老師就應香港中文大學之聘，到香港教書。在離開臺灣之前，他出版了他的比較文學研究專書《比較文學研究的新方向》（一九七八）。李老師早年投注不少心力在臺灣的比較文學教育與研究，這本著作無疑是華文世界早期重要的比較文學著作。此去經年，我只有偶爾在中華民國比較文學學會與淡江大學四年一次合辦的國際比較文學會議見到他。他也善用他在香港的地利之便，協助發展中國大陸的比較文學研究，後來還與現今任教於廣州大學的劉介民合編了一部多冊的《中外比較文學研究》（一九九〇）。二〇〇一年八月，李老師應東吳大學之邀，再度回到臺北任教，因此才有本文開頭我們師生重聚的咖啡時光。在袁鶴翔老師自東吳大學退休前夕，李老師還與他合編了一本《思考：中國文學、比較文學與文化論文集》（*Reflections: Essays on Chinese Literature, Comparative Literature, and Culture*），由臺北的書林出版社出版。

我有幸兩度在李老師門下受教，他先是教給我清晰的英、美文學史的概念，後來又教會我研究方法與論文寫作規範，我大半輩子以學術為生，在我初叩學術殿堂的門牆時，李老師為我打下堅實的基礎。《論語・子罕》云：「夫子循循然善誘人，博我以文，約我以禮。」循循善誘正是多年來李老師在我心中留下的身影，這個身影時時引領著我，讓我在學術的道路上走得較為順利。

李達三老師，一九三一年十一月六日生，二〇二二年五月二十四日蒙主寵召，得享耆壽九十一歲。他是我生命中對我影響深遠的一位老師，我會永遠懷念他！

二〇二二年八月三日於臺北

# 啟蒙者：齊邦媛老師

靜靜地聽著她侃侃而談自己的寫作計畫，可以感受到她身上散發著一股生命力，彷彿有某種使命在背後驅策著她。有一陣子我恍然想起我當學生時那位在「文學批評」班上講課的齊老師。

## 一

一九七四年，大學最後一個學年，我上了一門「文學批評」，記憶中這是一學年的必修課，每週兩堂，每學期兩個學分，修課的同學不少。國立臺灣師範大學英語系到了大三就得分組：文學組與語言學組。因此修「文學批評」這門課的必然是文學組的同學。那年秋天開學，第一週某一天上午，因為是第一次上課，同學們早在課室裏坐定了位子。我記得那是英語系所屬的Ａ1教室，侷促在工業教育大樓旁的一棟單層樓房；Ａ1教室面積較大，約可容納四五十人，左右兩旁相隔的是較小的Ａ2和Ａ3教室。這棟樓房很多年前就被拆掉了。上課鐘響後，一位年約五十的女士走進教室。臺北的九月天，天氣還有些悶熱。她身穿一襲素色的寬身旗袍，顯得高雅脫俗。這是我第一次見到齊邦媛老師。那時我已經是大四的學生，英語系教文學的老師我多半認識，可是卻從沒聽過齊老師的大名，當然也不可能見過她。

知道齊老師的學問和經歷是跟她上課以後的事。原來當時她的正職在國立編譯館，是人文社會科學組的主任，並兼主管教科書的編務，她是以兼任教授的名義到師大為我們講授「文學批評」的。其實這也是她唯一的一次在師大英語系開課，不知道何以第二年她就不再來兼課了。一九七六年秋季我考進臺大外文研究所念碩士，翌年聽說齊老師受聘為外文系的專任教授。我們師生之緣就是從一九七四年九月某一天上午開始的，算算那已經是半個世紀之前的事了。當年師大學生畢業後都會被分發到中學教書，那個學年修「文學批評」的同學日後留在學術界的其實屈指可數，我恐怕是畢業後還不時與齊老師保持連繫的一位。她是我在西方文學批評領域的啟蒙老師，為我日後的研究工作鋪下堅實的理論基礎，我初識文學理論，並養成對理論的興趣也是從那個時候開始的。

九月那個上午第一次見面齊老師究竟說了些什麼，畢竟是五十年前的舊事了，我如今已經記憶模糊。依稀還記得那是兩堂共一百分鐘的課，齊老師也講足了一百分鐘，除了指定讀本之外，主要還是說明修課的重點與基本要求。齊老師指定的讀本是華特·傑克森·貝特（Walter Jackson Bate）所主編的《文學批評輯要》（*Criticism: The Major Texts*）一書，我們用的可能是後來的增訂本。如果我沒記錯，書應該是由臺大正門對面，位於羅斯福路上的雙葉書店翻印的，採大開本，藍色精裝封皮，厚六百餘頁，每頁以雙欄排版，輯入自古希臘亞里斯多德以降，經古典人文主義、文藝復興、新古典主義、浪漫主義，至現代的艾略特、白璧德（Irving Babbitt）、威爾森（Edmund Wilson）、傅萊（Northrop Frye）等西方重要批評家的文學理論與美學文獻。選文之前皆附有編者對每位批評家所撰長短不一的導論，就時間和空間而言，涵蓋面都相當全面，無疑是很厚重的一部選集。我之前修過「英美文學史」和「西洋文化史」，對選集中的許多名字並不陌生，不過這卻是我第一次有機會讀到某些大家的重要選文。

「文學批評」是一門重課，不若其他文類，文學與美學理論多屬抽象，倘若缺乏興趣，讀來恐怕多感枯燥乏味。我不知道其他同學是何心得，我上齊老師的課卻感到趣味盎然，上課前我真的細讀了每一篇指定的課文，因此齊老師的講解我多能心領神會。她上課認真不在話下，解說有條不紊，看得出來課前做足了準備，對若干重要概念的意義與其流變尤其分析得相當通透。我自己後來在碩、博士班也教過文學理論，要能夠將某些理論的內容與界說，以及理論之間的系譜關係，用自己理解的語言向學生解釋，確實是不小的挑戰。英語系的課非有必要，老師都以英語授課。齊老師也不例外。我記得開學之後我們最先上的就是亞里斯多德的《詩學》(*Poetics*)，在談到 catharsis 一詞時，齊老師首先以英語解說悲劇如何對在場觀眾所帶來的心理衝擊，繼之以古希臘劇作家索福克里斯的悲劇《伊底帕斯王》為例，說明此用語所隱含的情緒效應，最後她補上一句中文：「盪滌心胸」。這個譯法十分傳神，我日後若談到catharsis，也多襲用齊老師的翻譯。大約十年之後，齊老師在其講座紀錄〈文學與情懷〉中把這個用詞譯為「滌蕩」，譯法相近。她這麼解釋這個用詞的意涵：「悲劇運用戲劇的矛盾與衝突，沖激人的內心，使人因恐懼翻騰，心生悲憫，從而獲得淨化的效果。」

我們就這樣從古希臘一路讀到現代北美，印象中貝特的文學批評選集最後終於神話與原型批評。當然，即使是一學年的課，畢竟上下兩千多年，西方的文學與美學批評文獻汗牛充棟，我們不可能盡識每一位批評家和美學家，不過重要的基本文獻應該都碰觸到了。跟齊老師上了一整個學年的「文學批評」，我對西方傳統理論下所規範的文學本質與其功能，對許多批評概念的創發、演化與傳承大致有了較為全面的了解。這個基礎非常重要，對我日後治學，甚至選擇以研究文學為業，都銘刻著深遠的影響。在我初入學術界時就不只一次向齊老師提到「文學批評」這門課對我的意義。二〇一七年夏天，我赴倫敦短期研究後回到臺北，收到齊老師託單德興帶給我的新版《一生中的一天》，八月一日我在給齊老師的電郵上還不忘提到：「剛剛回臺，諸事繁忙，收到老師贈書，備感溫暖。回想一九七〇年代初在師大讀書時跟老師學習文學批評，往事歷歷在目。日前接受德興訪談時，我還特別感謝當年在文學理論方面老師對我的啟蒙。」

齊老師啟發了我對文學理論的興趣，即使我已經退休多年，這個興趣至今未變，只是閱讀稍微廣泛，也不像年輕時那樣相信某門某派。甚至在經過多年的摸索與思構之後，我終能形塑讓自己能夠安身立命的批評立場與學術信念。二〇二四年三月底的一個深夜獲知老師以嵩壽一〇一歲安息主懷，雖然早知道她這幾年對生死已無牽掛，但是思前想後，內心仍然不免感傷不已。一時間半個世紀之前在「文學批評」課堂上聽課的情景斷續浮現。我從未問過齊老師選用《文學批評輯要》一書的原因，上課當時我甚至不知道主編貝特的身分與專業。十餘年後，應該是一九八八年，我到杜克大學訪學研究，有一天在一份過期的《哈佛雜誌》（*Harvard Magazine*）上讀到一篇題為〈英文研究的危機〉（"The Crisis in English Studies"）的長文，我知道所謂英文研究其內容指涉無非就是英文文學研究。這個題目的確有些聳人聽聞，因此吸引了我。我一看作者的大名：Walter Jackson Bate，那不是《文學批評輯要》的主編嗎？我細讀貝特那篇大文，不時勾起十餘年前隨齊老師上課的記憶。原來貝特大有來頭，他不僅是哈佛大學的講座教授，同時還曾身兼英文系的系主任。他身在其境，目睹耳聞，心所謂危，其大文所透露的憂心與疑慮必然事出有因。

我和那個世代許多在英文系念書的人一樣，正經歷所謂「大理論」（the grand theory）的洗禮，歐陸的重要理論——文學的或非文學的——正排山倒海地被譯介進入英語世界：俄國形式主義、布拉格語言學派、結構主義、解構批評、後結構主義、符號學、新馬克思主義、後現代主義等或同時或接連登場；英語世界在新批評和神話與原型批評之後也不乏自身發展的理論：文化唯物主義、新歷史主義、女性主義、讀者反應理論、弱勢族裔論述、後殖民主義、同志論述等不一而足。大約自一九六〇年代之後，這些外來的或本土的理論就絡繹不絕，陸續進入校園，滲透或分佔英文系的課程，理論漸成顯學，有些理論甚至不必然與文學有直接關係。此外，美國校園另有喧騰一時的文化多元主義，文化論戰更是方興未艾，煙硝四起；這些現象對英文系的課程衝擊不小，對文學教育與學術研究更是影響深遠。貝特從當學生到為人師表，大半輩子都待在哈佛大學英文系，面對這些目不暇接的變化，他必然感同身受：終其一生他所守護的田園詩般的恬靜世界正在瞬間一步步邁向分崩離析。

〈英文研究的危機〉可說是貝特最後的掙扎——甚至是他最後的抗議。貝特在其文章中開宗明義表示，當前人文學顯然正深陷前所未有的危機之中。他所嚮往的人文學是一八八〇年代之前，現代型態的大學尚未存在，其時大西洋世界多數大學或經院所遵循的，無不是中世紀與文藝復興時代所規劃與崇尚的課程，整個重點仍然不脫文學與經典教育。不幸的是，在十九世紀下半葉現代大學興起，並開始逐步走向專業，採取分科分系之後，人文學就首當其衝，面臨巨變。美國的情形更是嚴重，用貝特的話說，美國大學各個科系汲汲營營，竭盡全力，其目的無非只為了「墾拓自己的花園」；尤其是英文系，在其課程中，文學、歷史及哲學多已分道揚鑣，不再熔於一爐。在這種心境之下，也難怪他不惜甘冒不韙，為文撻伐多元文化主義，英文系竟藉此大事改革，開設了諸如女性文學、同性戀文學、族裔文學、電影，甚至商業英文之類的課程，這無異於在人文學分科分系之後，英文系更進一步遭到分化和零碎化，並疏離，甚至遺忘了舊日的盟友如歷史與哲學，取而代之的是若干孤立的，迎合大眾口味的所謂新課程。因此除非愚不可及，誰都可以看得出來，當下的英文研究早已今非昔比，全然喪失了知識的「核心」。貝特同時對從歐陸跨海而來的結構主義也大表不滿，譏諷結構主義在毫無關聯的諸多語言中強行尋找共同屬性，並企圖以相當簡化的系統——如上／下、天／地、冷／熱、左／右之類的二元對立概念——為原始神話分類，甚至套用於敘事文學的分析。他戲稱解構批評為結構主義的繼子（stepchild），解構批評展演的充其量只是文學的虛無主義傾向。在他看來，德希達（Jacques Derrida）根本不敢碰觸自古希臘以來歐陸諸多重要的哲學家，只能在尼采之流的身上竊取腐酸的悲觀主義，或者戴上懷疑主義的「舊帽」。——當然，貝特這樣看待德希達未免過於淺薄，對德希達的哲學誤解可真不小。

貝特的憂慮是古典人文學科（*litterae humaniores*）日漸式微的命運。在他看來，人文學必須是兼容並蓄的，其內容必然攸關生命。因此，他說：「多數睿智的人偶爾會問，生命所為何事。」他認為，「倘若英文研究覺得這些問題不僅無從回答，甚至不值得提問，那麼英文研究正在豎起投降的白旗。」對貝特而言，「偉大的作家始終是生命偉大的詮釋者，而且他們的表達方式豐富而多樣。僅能以一個方式、一個方法來觀看生命的教師絕對不是答案。……文學研究從來不會只有單一的文學中心與前提。」這些警語當然旨在指陳當前文學研究已經淪為褊狹、零碎與孤立。只不過在一九八〇年代的美國校園，貝特這種信念早已時不我與，同時更與整個意識形態環境格格不入。他之所以不顧識時達務，願意為文警告學界文學研究所面臨的危機，無非想要力挽狂瀾，捍衛自己畢生堅持的理念與價值而已。貝特並非泛泛之輩，他是著名的英國文學史學者，為美國藝術與科學院和英國學術院院士，曾以其所著《濟慈傳》(*John Keats*)與《約翰生傳》(*Samuel Johnson: A Biography*)兩度獲得普利茲獎。〈英文研究的危機〉一文所展現的，無疑是一位古典人文主義者的警世之言；只是時代與環境已經丕變，這樣的堅持最終不免被譏為食古不化。

一九五二年，當貝特編選的《文學批評輯要》初版時，他還是一位入職哈佛不過六年的年輕教師，此時第二次世界大戰結束不久，美國一躍而為世界強權，六〇年代風起雲湧的各種社會運動雖然蓄勢待發，不過畢竟尚未開始，五〇年代的美國社會——尤其是校園——仍不失為一個田園詩般的平和世界。《文學批評輯要》的眾多選文，今天回想起來，反映的不正是這樣的一個世界：完整有機，井然有序，一個為阿諾德（Matthew Arnold）所頌揚的，文化尚未失控，中心仍可掌握的世界。我從未向齊老師探詢何以她會採用貝特的選集作為上課讀本，最可能的理由是，當時臺北可供選擇的教科書原本就很有限。不過我相信在選用貝特的選集之前，齊老師對這個讀本的選材必然早已胸有成竹，甚至全書的整體選文應該契合她對文學的基本理念的。我遍讀齊老師自《千年之淚》至《巨流河》等不同文類的著作，不難體察她意識中的人文主義信念；更具體地說，她是相信伊坡利特．阿多爾夫．泰恩（Hippolyte Adolphe Taine）所楬櫫的文學歷史主義（literary historicism）的，認為構成文學的基本上有三大要素：民族（race）、環境（milieu）、時代（moment）。在一九九〇年她所出版的第一本文集《千年之淚》的序文中，齊老師就直接表明這個信念；甚至早在一九七四年，她在〈震撼山野的哀慟──司馬中原《荒原》〉一文中就鼓勵作家，要讓讀者看看「我們自己時代寫的故事，看看我們怎樣保存、檢視我們的鄉土民情，期待我們的民族達到和平自尊的境界。」這樣的文學期許其實與泰恩的歷史主義批評相去不遠。

這一學年的「文學批評」還發生了一件小事。到了大四下學期，大部分男同學都要參加預備軍官考試，很多同學為了考試竟不惜缺課。我後來才了解，考上預官與否對未來服義務兵役影響很大，即軍官與士兵之間的差別。我的身分不同，沒有服兵役的義務，因此有一陣子上「文學批評」，我竟然成為少數準時上課的男同學。由於缺課的同學不少，齊老師發現情形有異，就詢問我們究竟發生了什麼事；我們只好據實以告。齊老師個性耿直，兢兢業業，每次上課都恨不得盡授所知，當時若有些許失望不難理解。到了暑假，我和兩三位女同學到齊老師的住家去看她，那就是普通的公寓宿舍，就在師大圖書館旁的麗水街巷子裏。即使五十年後，齊老師一家當年所住的臺鐵公寓宿舍多年前早已改建為電梯大樓，我依然記得那簡潔優雅、明窗淨几的客廳。齊老師為我們準備了茶水點心，那個下午我們具體聊了什麼，現在當然已經毫無記憶。我只記得我們還聊到男同學為預官考試而缺課的情形。甚至若干年後我和齊老師偶爾提起這件事，我們還因此相對失笑，不勝唏噓！那天下午是我唯一的一次到麗水街探望她。我甚至覺得她記得我，很可能我是「文學批評」課上從不缺課的學生。

貝特的《文學批評輯要》選文止於神話與原型批評，在學期結束前，我們選讀的主要是傅萊的著作，除了體大思精的《批評的剖析》（*The Anatomy of*

*Criticism: Four Essays*）一書的若干章節外，另有他稍早的長文〈文學的原型〉（"The Archetypes of Literature"），以及稍後的〈神話、小說與換置〉（"Myth, Fiction, and Displacement"）。齊老師對希臘神話與荷馬史詩向來推崇備至，她心儀的是那些大開大闔的具有史詩格局的文學作品，我印象中她引導我們討論了史詩中的追尋（the quest）主題。除了傅萊，我依稀記得她還推薦給我們一本導讀性的專書，作者以神話與原型批評分析了四種美國文學作品，而這四種文學作品，我唯一還清楚記得的是馬克吐溫（Mark Twain）的經典小說《赫克歷險記》（*Adventures of Huckleberry Finn*），其重點當然是追尋的主題。現代文學作品竟然可以溯源到古代的神話原型，對我而言，神話與原型批評等於揭露了文學作品潛在的豐饒意義，文學作品不再是孤立的，很多主題原來綿遠流長，其來有自。其中尤以追尋的主題最引發我的興趣：人生不就是一場追尋！

這個體會對我影響很大。一九七六年秋天，我考進臺大外文研究所碩士班，等我修完若干學分之後，我開始廣泛閱讀，設法精進自己對神話與原型批評的理解。傅萊的《批評的剖析》全書我讀過不只一遍，我還大量閱讀弗洛伊德（Sigmund Freud）的精神分析學、榮格（Carl G. Jung）的分析心理學、坎貝爾（Joseph Campbell）的神話學、伊利亞德（Mircea Eliade）的宗教史學等。傅萊的《批評的剖析》對我啟發最多，坎貝爾的《千面英雄》（*The Hero with a Thousand Faces*）卻最為有趣。有一本由魏克利（John B. Vickery）主編的《神話與文學：當代理論與實踐》（*Myth and Literature: Contemporary Theory and Practice*）提供了不少操作的實例，對我的論文幫助很大。我還因為閱讀了李維史陀（Claude Lévi-Strauss）那篇刊登於《美國民俗學學報》（*Journal of American Folklore*）的〈神話的結構研究〉（"The Structural Study of Myth"）而開始親近結構主義。總之，一九八〇年夏天，我就在朱立民老師的指導下，以神話與原型批評完成了近一百五十頁的碩士論文〈索爾．貝羅早期小說的神話研究〉（"Saul Bellow's Early Fiction: A Mythopoeic Study"）。飲水思源，齊老師畢竟是領路者，是她最早啟發我對神話與原型批評的興趣。

齊老師在其晚年回憶錄《巨流河》中闢有專章詳述一九七七年她重返臺大專任教職的經過，其中以不少篇幅留下她講授「英國文學史」與「高級英文」的回憶。甚至在散文〈一生中的一天〉裏，她寫下了退休之日在臺大最後一堂課的點滴與感受。只是我讀遍了《巨流河》，發現這部皇皇巨著竟無一字提到她在師大英語系為我們開設「文學批評」的往事。甚至書末所附的〈齊邦媛紀事〉繫年裏，連這一年也省略了，可卻不忘記下一九七〇年她「開始在臺大外文系兼任教授」這件事，甚且還註明「講授文學院高級英文課程」。齊老師年少時經歷中國對日抗戰與國共內戰，一生遭遇起伏跌宕，身經大風大浪，也看盡人世冷暖，在教育與著述事業上成就斐然；一九七四年秋天至一九七五年夏天的「文學批評」課也許只是她的教學生涯中無關緊要或微不足道的一段插曲，卻毫無疑問是影響我一生學術工作至巨的一年。這些年來——尤其自《巨流河》出版以後——討論其人其著述的文章汗牛充棟，卻從未見有人談到這段往事，齊老師應該也不太可能對別人提起這段經歷。我寫下這段回憶並非要為《巨流河》補上這麼一段鮮為人知的章節，我想記述的，無非是齊老師與我半個世紀師生情誼的一個起點，一個生命敘事中遺失的連結（the missing link），也是一段終我一生不敢或忘的陳年舊事。

## 二

我很難描述我和齊老師之間的師生關係。她絕對是我非常敬重的一位老師，我們一度住得很近，偶爾會在師大附近的人行道上不期而遇。反倒是我在臺大讀書與教書期間，儘管都在外文系，我們卻不常見面。見面時反而多半在學術研討會的場合。一九九〇年七月，齊老師的第一本文集《千年之淚》由爾雅出版社出版，我應現已停刊的《中時晚報》副刊編輯黃素卿之邀，以〈五〇年代臺灣文學的鄉愁——讀齊邦媛的《千年之淚——當代臺灣小說論集》〉為題，寫了一篇書評，發表於當年八月十九日該報第十五版的「時代」副刊。這恐怕是齊老師所有著作中最早的評論之一。文如其人，我認為「《千年之淚》是一本誠摯的書，處處可見作者感同身受的真情與誠意。」我更在齊老師所論不同時代的臺灣小說中「清楚看到文學生產與政治、社會、經濟活動之間的複雜關係，也看到意識形態環境如何影響文學的生產活動與文學系統的變遷。」今天重讀這些文字，最令我訝異的是，原來我往後數十年所秉持的文學信念與批評立場早已見諸年輕時所寫的這篇評論。書評見報後，我依稀記得齊老師與我通過電話，當然話題圍繞著她的文集與我的書評，只是事隔三十多年，談話內容我如今記憶已經一片空白。

還有一件小事可能知道的人不多。一九九二年至一九九九年，有八年之久齊老師擔任《中華民國筆會季刊》(*The Taipei Chinese PEN*) 的總編輯，這是中華民國筆會出版的英文刊物，專門刊登各種文類的中文作品英譯。有好幾年，我偶爾會收到齊老師寄來的作品英譯稿，她希望我花些時間對照中文原作稍加潤飾——單德興應該也受過齊老師這樣的委託。其實譯者的母語就是英文，有些還是熟人。他們大多在臺灣學界多年，中文沒有問題，英文更不在話下——雖然偶有失誤或者尚可再加修飾的地方，就像我們寫中文一樣，但是我的主要工作在檢查譯者對中文原著的了解，尤其對某些用詞的敏感，或者對其弦外之音之領會。這樣的工作斷續維持了好幾年，至到齊老師卸下總編輯的重擔為止。即使是師生關係，齊老師還是公事公辦，照樣依規定付我潤稿費——這倒不是我所期待的，老師對我的信賴已經是最大的肯定。這件小事也可以看出齊老師處事的嚴謹，一如多年前她為我們講授「文學批評」那樣。

二〇〇五年春節過後不久，齊老師就住進桃園龜山的長庚養生村，她說那是她最後的書房。她在那裏專心寫作《巨流河》，那是大家都已知道的事。我身邊留有幾張照片，那是二〇〇七年九月三十日拍的，那天上午我和單德興與趙綺娜去養生村探視齊老師。德興和綺娜自二〇〇二年十月開始，對齊老師做了十七次訪談，是最早催生《巨流河》這部大書的人——遺憾的是，綺娜已於二〇一三年三月十八日未及退休即與世長辭。《巨流河》就是以這十七次訪談謄清稿為基礎，用齊老師的話說，她決定將訪談稿「從改寫到重寫」，才有今日我們所見的《巨流河》。那天去看齊老師是我請德興幫忙聯絡的，我其實沒有什麼特別要事，那幾年我的日常生活幾乎深陷於行政、研究及教學之中，其他時間就在演講、座談、行政會議、學術研討會、學術審查，以及其他所謂的專業服務中度過，只不過偶爾聽德興談到齊老師正全心全意投身撰寫回憶錄中，而且我已有好幾年沒跟她見面了，在不妨礙她的寫作情形之下，只想去看看她。

齊老師那時已高壽八十，那天她身著紫色方格薄外套，配上淺黑色寬鬆長褲，除了年齡，仍然保留著我印象中的優雅從容。齊老師帶我們到她在養生村的住房，待我們坐定後，她就忙不迭地告訴我們她在養生村的生活，話題最後當然難免圍繞著她正在進行中的回憶錄。齊老師把部分手稿攤開在她的書桌上，我趁她在書桌前坐下為我們展示手稿時趕忙幫她留影，然後靜靜地聽著她侃侃而談自己的寫作計畫，可以感受到她身上散發著一股生命力，彷彿有某種使命在背後驅策著她。有一陣子我恍然想起我當學生時那位在「文學批評」班上講課的齊老師。隨後她還領著我們到養生村的圖書室，並隨手從書架上抓了一本有關聞一多的著作——當然那是她的贈書之一。齊老師大部分的藏書已送給臺大臺灣文學研究所，該所也闢有「齊邦媛圖書室」珍藏這些贈書。老師九十歲時另將手稿、書信、照片、獎項等捐贈臺大收藏。

那天中午齊老師堅持要請我們吃飯。我們就近在養生村的餐廳用餐，齊老師談興甚濃，往事、時事，以及文壇、學界的諸多人事，在笑談中時間過得很快，我見齊老師思路清晰，健談如昔，而且步履輕快，生活完全可以自理，自然放下心中懸念，她的回憶錄應該指日可待。那天飯後我們就向齊老師告辭，她很客氣，堅持要目送我們上車。我怎麼也沒想到，那是我第一次，也是唯一的一次去養生村探望她。兩年後的七月七日，也就是中國對日抗戰七十二週年的紀念日，齊老師的回憶錄《巨流河》正式出版——據說這是從上

工作中的齊邦媛老師，長庚養生村，二〇〇七年九月三十日

百個書名中挑選出來的。這部嘔心瀝血的巨著立即造成轟動，一時間洛陽紙貴，引發了熱烈的討論。《巨流河》的出版為齊老師帶來許多榮譽，這是實至名歸，不過接踵而來的還有各種各樣的邀約、採訪、訪談、見客，以及其他活動等。我一則為齊老師高興，一則卻為她擔憂，她那時畢竟已是八十五歲的老人了。我心中的齊老師雖然個性耿直，卻也為人體貼，未必忍心拒人於千里之外。我憂心她是否經得起這樣的折騰。

因此自《巨流河》出版後我就沒再到養生村探望齊老師，只是在心中不時會想念她，還好經常會從媒體或友人處知道她的近況。《巨流河》出版後不久，我聽說齊老師搬離了養生村，到天母與兒孫同住。二〇一二年十一月十至十一日，日本神戶大學舉辦「戰爭與婦女」國際研討會，會中有論文討論齊老師與其尊翁齊世英先生，老師以自己年事已高，不便舟車勞頓為由，委請德興代為出席。研討會後老師在天母一家餐廳設宴，感謝德興與其他出席研討會擔任日譯的年輕朋友。我也受邀參加——應該是透過德興邀我參加的。齊老師一如以往，興致甚高，思路言談依然反應敏銳。這是二〇〇九年七月十七日《巨流河》在天下文化人文空間舉辦新書茶會後我再次與齊老師見面。我記得那一天下午，齊老師在眾人的簇擁下入場，我匆忙跟她招呼請安。擠滿聽眾的講堂，在齊老師致詞時，我仍像三十多年前那個大四學生，坐在課堂上聽老師講課。

此後我大概只有利用重要的公開場合去看齊老師。二〇一五年六月二十二日，齊老師獲頒美國亞洲研究學會終身成就獎，頒獎儀式就在中央研究院人文社會科學館會議廳舉行。我和德興都去觀禮，聆聽齊老師發表獲獎感言。儀式結束後她接受記者簡短訪談，我們聊了幾句後就送她上車離去。我最後一次去看齊老師應該是二〇一九年二月二十五日，那個上午她的母校柏魯明頓校區的印第安那大學借用臺大行政大樓第一會議室，由該校校長孟世安（Michael McRobbie）親自來臺頒發榮譽博士學位證書給齊老師。那個早上我見到好些師長與好友，時齡九十五歲的齊老師始終笑容可掬，精神矍鑠，可知她心情應該十分愉悅。她以英語致謝，依然字詞清晰，條理清楚，以其耄耋之年，真不容易。那個早上很多人圍著她合影，我見人多，只匆匆趨前向她賀喜，然後就與一群人隨伴著她送她離去。我萬萬想不到那年年底新冠疫情就開始肆虐全球，臺灣也無法倖免，當然我也料想不到，那竟是齊老師給我留下的最後的身影。

其實我和齊老師多年來一直斷續保持著連繫。她每有出書，總不忘簽名送我一本，有時郵寄，有時託德興帶回給我。我當然也會把小書寄上請她指正。我偶爾會收到她的來信或卡片，她字如其人，一筆不苟，工工整整，即使人到耆壽，其字體始終如一。最早的一張卡片是她入住養生村後第二年郵寄到中央研究院給我的，卡片印的是莫內（Claude Monet）中年時期的油彩作品〈法任澤村的漁人之家〉（"Fisherman's House at Varengeville"）。我之前應該是寄了兩本小書給齊老師：評論集《文學的多元文化軌跡》與詩集《時間》。卡片上齊老師是這麼寫的：

有成賢棣：

收到你的兩本新書已三星期了。酷暑雖非讀詩季節，我先讀你的「年輕時」的詩集時間。在詩心中我似仍年輕。歲月也有不能征服的區域。這許多年來，我竟只看到學術的你。詩集中「檳城」和「龍泉街日記」引我憶往。詩和學術至今影響我隱居的日子，心中似有一泓活泉從未覺得荒涼。盼你日後仍有偶回詩裡的心情。謝謝你的記憶中有我。寄去祝福！

齊邦媛
二〇〇六年九月

齊老師此後似乎一直注意我的創作，特別是我在報紙副刊發表的作品。二〇一一年六月二十七、二十八兩日，《自由副刊》刊登了我的長篇散文〈沖繩的戰爭記憶〉，她讀後竟以限時專送來信問我能否給她提供沖繩和平公園的照片，並向我透露「近日將去與兒子同住，但想到與我書有關的事仍是活著」。信末則期許我「多寫些如此深度遊記」。最令我感動的是，她在二〇一七年二月二十四日的《聯合副刊》讀到我的詩作〈讀阿多尼斯的〈奧德修斯〉有感〉後，竟然將剪報託德興帶回給我，我看到齊老師在詩旁以紅色畫筆寫下眉批：「我讀此詩　思潮澎湃」。老師熟讀荷馬史詩《奧德賽》（*The Odyssey*），這首小詩可能引發她對奧德修斯（Odysseus）漂泊命運的感歎。《巨流河》中千千萬萬中國人流離失所的悲慘命運其實遠甚於奧德修斯，我的小詩竟然能夠觸動齊老師的感懷，詩雖小道，卻也未必沒有撼動人心的力量。

我偶爾也會自責，何以自《巨流河》出版之後就不曾去養生村探視齊老師。忙碌不是原因，想想只能歸咎於自己的靦覥個性。我只是她眾多的學生之一，年輕時受惠於她的教導，可是半個世紀以來，除了為《千年之淚》寫過書評之外，我從未幫她做過任何事。她可能也不知道，我經常記掛著她，還不時向友人打聽她的近況。齊老師在悼念錢穆先生的至文中說，「因為對歷史的溫情與敬意，世界上仍有忘不了的人和事。」走筆至此，我大概可以了解齊老師的意思。不過我更永遠無法忘記的，是五十年前靜坐在教室後排的自己，而在講臺上為我們講解亞里斯多德的，正是日後以回憶錄《巨流河》傳世的齊邦媛老師。

二〇二四年八月十八日於臺北

# 那些英詩的夜晚：陳祖文老師

如果他還在世，這些事情我一定要請他為我解惑，就像一九七〇年代中期那些夜晚他教我英美詩那樣，尤其關於西南聯大，關於他的老師葉公超、沈從文、燕卜蓀，以及他的朋友穆旦、王佐良等。

陳祖文老師於一九九〇年三月十六日去世，至今已三十五年了。我是後來輾轉才知道這件事的，當時未能去向陳老師行禮送別，至今內心仍然深覺遺憾。一九八九年秋天我結束在杜克大學的研究回到臺北，隨即身陷忙碌的生活之中，不過也沒聽說陳老師的健康有何狀況，總覺得稍忙過後可以隨時去探望他。只是我沒想到的是，再聽到陳老師的消息時，他已經不在人世了！

按國立臺灣師範大學對學生畢業年代的傳統算法，我應該屬於六四級，依據的當然是民國紀年，即西曆一九七五年，儘管畢業後還得到中學實習教書一年，成績合格後才能取得正式的學位證書。雖然事隔五十年，可我至今仍然保留著大學的成績單：大學四年我並沒有上過陳老師的課。陳老師在英語系主要講授英詩與莎士比亞，「英詩選讀」是大三的必修課，「莎士比亞」則在大四時列為選修。英語系自大三起就開始分組：文學組與語言學組。即使分組，有些基礎學科仍被列為共同的必修課；譬如我選擇了文學組，我依然必須修讀「語言學概論」、「語音學」、「文法與修辭」等與語言相關的課。可是奇怪的是，我大學四年的文學課程竟然沒碰到陳老師。當時並沒有特別想法，現在回想起來卻似乎有些無法理解。以必修課「英詩選讀」為例，那一年循例分成兩小班，同時分由兩位老師授課。分班是強制性的，應該是依學號的單雙號排定，學生沒有選擇的餘地。教我「英詩選讀」的是一位姓王的老師，五、六十歲的年齡，好像在康乃爾大學讀過書，聽高年級的同學說，他曾經在東馬來西亞的沙巴或砂拉越教過中學。上課用的教本是跟他買的，應該是他教中學時學校編選的教本。薄薄的一本，選詩不多，解詩淺顯，我覺得他明顯低估了同學的普遍程度。我在檳城鍾靈中學讀書時，從初中開始，上英文課就直接閱讀英國文學原著作品。後來我聽張貴興說，他在砂拉越讀中學的情形也大抵如此。

當時臺灣尚未加入國際版權組織，有些專營翻印西書的書店也有若干不錯的英美詩選或讀本，像另一班教「英詩選讀」的閔浩神父，他選用的教本就是通行一時的《音與義：詩歌導讀》（Laurence Perrine, *Sound and Sense: An Introduction to Poetry*）一書。這是一本被廣泛使用的英詩入門教本，從詩的本質談到詩的形式與技巧，諸如意象、象徵、語言、隱喻、擬人化、寓意等，對英詩的重要元素都做了相當盡責的解說，而且各以數量不少的名詩為例細加析論。反觀我們班上所用的教本，顯然是授課老師自印的，藍色封面印上書名（書名我已忘了！），沒有作者，沒有任何出版資訊，從任何角度看都不應該屬於大學用書。那一門「英詩選讀」課我究竟學到了什麼，現在努力回想，記憶卻近乎一片空白。只記得授課老師高大微胖，冬日天冷，他一進教室就要我們打開窗戶。他聲音宏亮，英語流利，我從沒聽過他說中文。

某個冬日他走進教室，神色有些急促，第一件事就是要教室後座的同學打開窗戶，然後他翻開課本，開始朗讀丁尼生（Alfred Tennyson）的名詩〈越過沙洲〉（"Crossing the Bar"）。丁尼生創作此詩時已年高八十，三年後他就離開塵世。據說他只花十分鐘就完成此詩。詩分四節，共十六行，之前我曾讀過，也幾乎可以背誦。詩並不難，雖富象徵性，但其寓意頗為瞭然。詩人自覺年近古稀，去日不遠，可他心境豁達，毫無罣礙，無憂無懼，彷如渡海遠行，詩最後一節等於總結全詩的旨意：

雖遠離時空邊界
惟潮流將送我遠去
當我越過沙洲
我但願面對面親見我的領航人

詩末提到的「領航人」（Pilot）此處意指上帝，「遠離時空邊界」讓我想起後來愛爾蘭詩人葉慈（W. B. Yeats）在其名詩〈航向拜占庭〉（"Sailing to Byzantium"）第四部分開頭首行所說的「脫離自然」（out of nature），即死亡的詩的修辭。那天「英詩選讀」的老師一再朗讀丁尼生的〈越過沙洲〉，每讀一次他就重複說此詩非常偉大，只是他並未告訴我們如何偉大。同學們都默不作聲，只是靜聽他間歇性的朗讀。臨下課時他突然告訴我們，他的母親重病住院，他是從醫院趕過來跟我們上課的！我才恍然大悟，何以他要多次誦讀〈越過沙洲〉。

一整個學年總共六個學分的「英詩選讀」，在我的記憶中竟只留下丁尼生這首暮年之作。我自高中之後因興趣關係也曾零星讀了一些英詩，上「英美文學史」時對英詩的來龍去脈幸好已有粗略的了解，遺憾的是，接連兩個學期的「英詩選讀」剩下的就只有失望，我的英詩知識幾乎毫無進境。我日後之能夠較有系統地了解英詩，要感謝的反而是大學四年從未教過我的陳祖文老師！一九七五年秋天，我被分發到臺北市立弘道國民中學實習教書，因為地緣上的熟悉，我最先擇居在臺灣師大附近的潮州街。為了補強我的英詩基礎，我決定去旁聽陳祖文老師為夜間部英語系所開的「英詩選讀」這門課。儘管在大學期間從未上過陳老師的課，不過幾位跟他上過英詩的學長跟我說過，陳老師說詩非常詳盡，絕對是一位好老師。我讀過陳老師所著的《譯詩的理論與實踐》一書，他在系上的身影我很熟悉，只是我不確定他是否知道英語系裏有我這個學生。

夜間部每日的上課時數較少，因此是五年制。陳老師的「英詩選讀」開在第四年，是一學年的課。我在國民中學教英文，上課佔了不少時間，又身兼班導師，每天都要到校上課，其實也很忙碌。我去聽課前應該是獲得陳老師的同意的，每週到了上課時間，我吃過晚飯，梳洗過後就趕去教室，這樣一連兩個學期，從未間斷。我不清楚夜間部英語系課程是否分組，只記得陳老師的「英詩選讀」班上黑壓壓的都是學生，而以女學生居多。陳老師教詩大致謹守英詩演化的歷史軌跡，從十四世紀的喬叟（Geoffrey Chaucer），經中古時期的英國民謠，再經文藝復興、玄學詩派、浪漫主義，一直教到二戰前後的英美現代詩，一個學年下來至少上了數十首詩。我對英美詩的發展也因此有了比較清晰的詩史的宏觀概念。

陳老師的英詩課究竟採用何種教本，半個世紀之後，我已經毫無記憶。日前整理研究室，我發現一本包紮整齊的英美詩選，厚達五百餘頁，除選詩外，尚對每一斷代或詩人撰有簡短評介。選詩中不少留有我以紅筆與鉛筆註記的評點與眉批，這是美國詩人安特梅爾（Louis Untermeyer）編選的《名詩精選金庫》（*A Concise Treasury of Great Poems*），民國五十四年由文星書店翻印。詩選中有幾首莎士比亞的十四行詩滿是劃線與註記，陳老師是莎士比亞學者，我記得上課時他連續領著我們詳讀了幾首十四行詩，分析這些詩的格律、韻腳、語言、意象、象徵及寓意，因此我猜想這本詩選可能就是陳老師當時選用的教本。陳老師教詩近乎說文解字，每一行詩都不放過，他似乎要確定我們真正了解他講授的每一首詩。至少對我而言，每週那短暫的兩個小時，我完全沉浸在遙遠的英美詩的世界裏。順便一提，在陳老師的「英詩選讀」課上，我再次讀到丁尼生的〈越過沙洲〉。

那一整個學年每週上完英詩課，我總會陪著陳老師離開教室。那應該已是夜裏十時許，我們走在當時臺灣師大希臘式建築圖書館那頭的校區，老舊的建築，校區主幹道旁尚有草地和池塘，池塘上有扶欄小橋。路邊燈光昏黃，尤其在冬夜裏，一老一小在細雨中走過，我有時回想那個場景，似乎有些淒清落寞。我通常陪陳老師走出校園，在已經拓寬的和平東路向他揮別。其實當時陳老師只是六十出頭，並不算老，但我也二十六、七歲了，已不算小。他就住在現今國立臺北教育大學——之前的臺北師範專科學校——附近的臺灣師大職舍，離學校不遠，〇東、三路、十五路（現在易名和平幹線）等公車大約五、六站直接可到。搭計程車當然更快。我那時尚未成家，週末時偶爾會去陳老師的宿舍探望他。老師家除了他，就是師母，以及他們的女兒醒珠。後來老師搬到英語系旁的和平東路一段一四一巷，住家是一棟日式房舍，我上了碩士班還去過幾次。

我們見面除了閒話家常，現在我已不記得陳老師還跟我談些什麼。其時我尚未進入學界，我們的談話應該也不可能涉及學界人事或相關議題。大概有一兩次，陳老師提到他是梁實秋與葉公超的學生，還說他跟沈從文很熟，好像沈從文很鼓勵他認真創作。這些名字我當然並不陌生。我進臺灣師大英語系時，梁實秋已經退休，不過我有好幾位老師都是他的學生。他的散文、他所翻譯的莎士比亞，以及他主持編撰的英漢字典更是為我們所熟知。我當時所知道的葉公超是外交家，聽說因處理外交事務有違當道意志，備受冷落，而以書畫寄情，也曾經短暫在臺大與臺灣師大兼課講授英詩。我知道沈從文的大名還要更早，在鍾靈中學念書時我就讀過他的《邊城》，來臺灣後才知道他的著作也在禁書之列，儘管在學校附近的地下書攤並不難找到他的盜版作品——並不是後來的簡體字版，而是翻印自民國時期的版本。那時候我還年輕，對這些人物的經歷及其與陳老師的關係一無所知，因此也未進一步細究。印象最深刻的是葉公超。陳老師說他當學生時，葉公超常去找他，有時候就在學生宿舍外頭直接對他喊叫：「祖文，出來！」我可以想像那個畫面，可卻不懂得探詢外交家之前葉公超的教授生活。

除了這些點滴，陳老師未再跟我提起他在大陸的任何經歷。不過我在《譯詩的理論與實踐》一書乙輯終篇談比利時詩人包施哀（Jean De Bosschère）的附記中，讀到陳老師這樣的一句話：「民國三十七年——那時我到臺灣不久，有一天我去臺北南昌街逛舊書店，無意中發現一本書，是法文英文對照的詩集。」他說的就是包施哀的首部詩集《關閉的門》（*The Closed Door*），收詩十二首，以英、法文對照出版。陳老師把這十二首詩都譯成中文。更重要的是，這句話也透露了，他是在民國三十七年前後來到臺灣的，其時國共內戰戰火正熾。約一年後，國民政府即倉皇辭廟，退守臺灣。同一篇附記還提到，當時他正擔任《中華日報》的副刊主編，因此就將他的包施哀譯詩四首在副刊發表。可惜陳老師的譯詩大部分都已遺失，《譯詩的理論與實踐》一書中僅收包施哀譯詩一首。我不清楚在陳老師辭世之前，他是否曾經重訪故土，顯然當時兩岸尚未全面恢復往來。

一九七〇年代的臺灣尚未解嚴，雖然對文化與社會生活的管制漸趨寬鬆，但是警備總部依然是個令人畏懼的存在。陳老師那一輩從大陸來臺的學人隱身於學院與研究機構，國破山河在，不論出於何種原因，多不願重提大陸舊事。二〇二四年歲暮我收到張錦忠寄贈的《老瘸子與劊子手：陳祖文文集》（一九九四）一書，由陳鵬翔與黃奕珍合編，內收有黃奕珍所撰〈獨立〉一文，文中提到她幫忙整理老師的遺稿時，發現早年——尤其對日抗戰時期——的作品多已不見。她這樣解釋：「聽師母說，老師剛到臺灣不久，曾被治安單位抄去幾大箱書本作品，人也被抓了去，幸虧西南聯大的恩師葉公超搭救，才撿回一命，然而搜去的東西再也沒發還，這以後老師很少再創作了，所謂的天機人事，與老師的這段經歷，可能有某種程度的關聯。」黃奕珍所說的「天機人事」典出杜甫的〈獨立〉一詩：「天機近人事，獨立萬端憂。」陳老師有〈英譯杜甫五言律詩八首〉，其中之一就是〈獨立〉。這八首杜甫詩英譯也收入《老瘸子與劊子手》一書中。果然，陳老師鮮少跟我聊到大陸舊事，很可能是出於政治上的顧忌。

我們那個年代上課，但求遇到認真盡責的老師，同學之間幾乎不會談論老師的學經歷。當陳老師告訴我梁實秋和葉公超是他的老師，或者沈從文曾經幫他修改創作時，我甚至沒有追問他這些關係背後是何時空因緣。其實知道他跟北京大學與國立西南聯合大學的關係已是他去世多年以後的事。我也忘了是在什麼機緣之下了解這層關係的。二〇〇九年，我撰有長文〈翻譯家查良錚〉發表於《思想》。查良錚即著名詩人穆旦，他出身清華大學及其後的西南聯大，在投筆從戎，加入滇緬抗日軍前曾任西南聯大外文系助教。很可能在多方閱讀有關西南聯大的資料時，我才約略發現陳老師的學經歷背景。原來他曾經在西南聯大擔任外文系助教。陳老師本在北大，穆旦在清華，是日本侵華戰爭，是西南聯大，機緣巧合，讓兩位應該毫無干係的人同學共事。

一九三七年七七盧溝橋事變之後，國民政府宣布全面對日抗戰。不久北平與天津先後淪陷，教育部隨即命令北京大學、清華大學及天津的南開大學南遷，十月二十五日三校在湖南長沙正式成立國立臨時大學，十一月一日開學，共有四個學院十七個系。文學院則遲至十一月十八日在距長沙三百哩外的南岳上課，學生在一百九十人左右。我猜想陳老師與穆旦當時應該也在這些學生當中。不到一個月後的十一月十三日，首都南京被日軍攻陷，旋即發生人神共憤的南京大屠殺，一連數週之久。十一月下旬，長沙連遭轟炸，臨時大學顯然已無法長留長沙，因此有西遷昆明之議，據說此議即出於時任臨時大學外文系系主任的葉公超。臨時大學既為三校組成，因此不設校長一職，而由北大校長蔣夢麟、清華校長梅貽琦、南開校長張伯苓，以及教育部代表楊振聲合組常務委員會管理校務。西遷昆明之後，臨時大學即易校名為國立西南聯合大學。關於西南聯大的歷史，哲學家馮友蘭撰有〈國立西南聯合大學簡史〉一文，簡述西南聯大之成立與結束始末，茲摘錄如下：「迨京滬失守，武漢震動，臨時大學又奉命遷雲南。師生徒步經貴州，於二十七年四月二十六日抵昆明。旋奉命改名為國立西南聯合大學。……昆明本為後方名城，自日軍入安南，陷緬甸，乃成前方重鎮。聯合大學支持其間，先後畢業學生二千餘人，從軍旅者八百餘人。河山既復，日月重光，聯合大學之戰時使命既成，奉命於三十五年五月四日結束。原有三校即將返故居，復舊業。」引文中馮友蘭使用的當然是民國紀年。

西南聯大是民國教育史上的一大奇蹟，戰時雖然物資匱乏，生活困頓，昆明又時遭空襲，在極為惡劣的條件下，卻能夠做到弦誦不斷，而且集三校黌序之士，竟而培育了不少傑出人才。二〇一八年七月下旬我赴昆明參加學術研討會，會後曾經參訪雲南師範大學，該校即建於西南聯大師範學院原址。在參觀西南聯大校史室時，見文學院各系師資名錄，果然名師如雲，我留下深刻印象的即包括朱自清、羅常培、楊振聲、聞一多、王力、浦江清、游國恩、陳夢家、葉公超、柳無忌、潘家洵、吳宓、陳詮、錢鍾書、朱光潛、劉崇鋐、姚從吾、陳寅恪、傅斯年、吳晗、陳受頤、錢穆、湯用彤、馮友蘭、金岳霖、賀麟等望重士林的學者。外國語文學系另有幾位外國學者，我最熟悉的當屬燕卜蓀（William Empson）。沈從文則廁身師範學院國文系。

燕卜蓀並非等閒之輩，他是詩人，更是現代英國文學批評的重要開山人物。一九三〇年當他二十四歲時，就出版了他的成名作《歧義七型》（*Seven Types of Ambiguity*）。其實在此前一年，他曾因行為不檢而被迫離開劍橋大學。之後他寄居倫敦市區的布倫斯柏里（Bloomsbury），其業師瑞恰慈（I. A.

Richards）——另一位現代英國文學批評的奠基者——時在北大與清華任教，有意安排他到中國教書，未果。他改赴日本東京帝國大學執教，一九三四年回到倫敦。他對日本似乎並無好感，卻對佛教產生濃厚興趣，後來竟一心向佛，反而對基督教大為反感。返回倫敦之後，他一時並無正職，卻在次年出版他的另一部重要著作《田園詩諸型》(*Some Versions of Pastoral*)，不過他出身約克郡地主的仕紳家庭，家境優渥，應該不愁吃穿。一九三七年，他應時任北大外文系系主任葉公超之邀，至北大任教，聘約三年。葉公超也曾在劍橋隨瑞恰慈讀書，不過他應該不是正式入學的學生。葉公超是艾略特的知音，這一點可能得力於瑞恰慈的教導或引介。一九三〇年代初葉公超在清華教書，即曾大力評介艾略特的詩文。他開的課中有一門「英美現代詩」，講授的詩人免不了包括艾略特。

燕卜蓀初抵北平時，北大、清華及南開已準備南遷長沙成立臨時大學，未幾又西遷昆明改設西南聯大。燕卜蓀也因此隨北大師生南下西遷，他隨身所帶除衣物與少數書籍外，另有一架手提打字機。二〇〇六年十一月，已經年高八十六歲的英國批評大家柯穆德（Frank Kermode）以〈「嫌惡」〉

（"Disgusting"）為題，在《倫敦書評》（*London Review of Books*）撰寫書評，討論哈芬登（John Haffenden）所著《燕卜蓀傳》（*William Empson*）第二卷。此卷重點在燕卜蓀反基督教的態度，燕卜蓀好辯，他認為任何「骯髒」或「令人嫌惡」之事都應予以糾正。柯穆德大文開頭曾經這樣簡述燕卜蓀的這段中國之旅：「他抵達中國時不巧碰上日本侵華，導致國立北京大學南遷。他隨師生同行，似乎對此長途跋涉所遭受的艱苦困頓還頗能自得其樂，並且在書本短缺之下憑其超強的記憶講授英文。一九三九年秋天，他取道美國回國。翌年正月返抵英國，定居在馬區蒙特街（Marchmont Street）他自己的公寓。」馬區蒙特街是布倫斯柏里的著名老街，至今仍見有不少餐廳、酒館、雜貨店、書店、咖啡屋、洗衣店等。燕卜蓀就曾不時邀約艾略特、狄倫湯姆斯（Dylan Thomas）等詩人在街上的酒館喝酒閒聊。後來我讀到好幾位西南聯大外文系畢業學者的回憶錄，對燕卜蓀多半心存好感：一是他在教學上的認真盡責，二是他過人的記憶與博聞強識。著名學者王佐良在《王佐良文集》中回憶說，燕卜蓀曾經憑記憶將莎士比亞的《奧賽羅》（*Othello*）全劇以其手提打字機逐字打字，然後油印發給學生，也可以大段大段地背誦彌爾頓的史詩《失樂園》。

燕卜蓀主要講授的課程包括「英詩」與「莎士比亞」，都是外文系的主課。從一九三七年到一九三九年，陳祖文老師還是西南聯大外文系的在學學生，應該上過燕卜蓀這些課，來臺後在臺灣師大英語系授課，他講授的主要也是這兩門課。可惜我對燕卜蓀的戰時中國經驗知道得太晚，沒有機會追問陳老師當年上課的點點滴滴。一九四七年至一九五二年間，燕卜蓀還重返北大任教，間中卻遇到中國政權易幟，北平也因此易名北京。燕卜蓀的兩度中國之行，都在戰事中度過，也是難得的生命歷程。

根據《老瘸子與劊子手》文集所附〈陳祖文年譜〉，陳老師是在一九四二年開始擔任西南聯大外文系助教，同時任助教的還有穆旦。從大學生到助教的西南聯大九年，陳老師的創作主要為散文與短篇小說，有部分收錄在《老瘸子與劊子手》這本文集裏；前面提到，陳老師初抵臺灣時曾被抄家，有些作品已經不復可得。他的作品文字清新，內容頗見新意，在敘事中不乏抒情。這些作品有些涉及抗戰，有些卻完全無關。小說〈老瘸子〉於一九三九年初刊於香港《大公報》的文藝副刊，主編即當時已有文名的蕭乾，他與蕭乾應該熟識。《大公報》原在天津出刊，在陳振聲與沈從文的大力推介下，其文藝副刊委由蕭乾擔任主編。天津淪陷後，蕭乾輾轉從香港，經廣州至武漢，最後再轉赴昆明。他的第一任妻子王樹藏也在西南聯大讀書。《大公報》後來遷至香港復刊，時在昆明的蕭乾又在陳振聲與沈從文的鼓勵之下，同意遠赴香港再次接下文藝副刊的編務。

蕭乾曾在一九三九年春天由《大公報》派赴滇緬公路採訪，路經昆明，除探望妻子外，當然不免造訪沈從文與陳振聲等學界與文壇前輩。他也與高原文藝社的若干社員見面，《大公報》的文藝副刊即曾發表了不少該社社員的作品。高原文藝社為西南聯大的校內社團，蕭乾希望能夠另外成立文藝社，廣納西南聯大之外其他學校的作者，因此乃有另設南荒文藝社之議。《老瘸子與劊子手》文集中收有陳祖文老師的〈簡談穆旦和他的詩〉一文，此為他閱讀梁秉鈞（也斯）之博士論文談穆旦詩一章後的述懷散文，敘論兼具，他在文中或稱穆旦「亡友」，或稱「小查」，可見他們之間的友情。此文註六專記南荒文藝社：「抗戰時期，由昆明大專學生組成的文藝社，以創作為主。這些學校包括西南聯大、雲南大學，遷至昆明的同濟醫學院，英語專科等。社員數十人，我至今能記得的，只有很熟識的幾位：擅長寫評論的王佐良，寫詩的穆旦和林蒲（艾山）夫婦，寫散文的方齡貴（後專攻元史）。他們推我作第一位社長。此外，當時編香港《大公報》文藝副刊的蕭乾，也自動加入。我們請他作榮譽社員。」〈簡談穆旦和他的詩〉是我讀到的陳老師唯一回憶西南聯大的散文，而他在西南聯大九年，親歷了西南聯大的成立與結束！

研究西南聯大多年的大陸學者李光榮著有《西南聯大文藝社團研究》一書，該書第四章專論南荒文藝社，其中第六節所論為「祖文、王佐良的小說」。祖文即陳祖文老師。李光榮說陳老師的小說「作品雖然不多，但成就不小。」他認為「祖文的小說取客觀描寫的態度，對所寫事件不作表態，感情隱藏在文字的後面，所以是冷靜的現實主義。」小說〈老瘸子〉所敘為瘸腿老婦之獨子「在廠子裏為點小事給東洋人打了一頓，連傷帶氣」而喪命的故事。有一回村裏演唱「驢皮影」，第一晚，老婦就搶著擠進看戲的人堆中。「她的眼，瞪得又圓又大」，直對著手拿步槍的日本兵，並且「喘著氣，竭力叫喊著」她兒子拴兒的名字。村長怕她惹出事端，就命第一人稱敘事者的「我」把她帶回去鎖起來，免得出事。敘事者這麼描述帶這老婦回去的情景：「在經過一大片荒地和纍纍冢冢的墳丘」之後，「剛才她那種野獸般的狂叫，原來只是

僅存的一間西南聯大原教室

一個燃燒得過分猛烈的火花——閃電般一亮，雷霆般一響，接著，一切都變為寂靜，正像今晚這個黑暗的夜。」這樣的敘述畫面明晰，意象生動，在動亂與寂靜之間，在敘事與抒情之間，讓我們感受到命運的脆危與無奈。陳老師對文字意象的經營，對人物形象的刻畫，對敘事情節的鋪陳，在小說〈老瘸子〉中已經相當得心應手。〈老瘸子〉後來重刊於《現代文學》復刊第二十一期（一九八三年九月）。可惜陳老師日後放棄創作，學界固然多了一位英詩與莎士比亞學者，卻少了一位很可能寫出重要作品的作家！

陳老師的師友後來各有遭遇。穆旦命運最為悲慘，抗戰時一腔熱血，放棄助教工作，加入滇緬遠征軍。大陸易幟之後，沒過幾年就政治情勢大變，在反右運動與文化大革命時，穆旦這段軍旅經歷使他被打為歷史反革命，受盡迫害與欺凌。一九七六年因摔倒而造成股骨頸骨折，又遭逢唐山大地震，近乎求助無門。不久文革結束，他終於獲得就醫，卻不期因突發性心臟病，而於一九七七年二月二十六日告別人世，得年僅五十八歲。穆旦為翻譯大家，我最近購得易彬匯校的《穆旦詩編年匯校》一書，收穆旦詩約一百五十首。陳老師的業師葉公超在一九四〇年六月十八日離開昆明，從此宦海浮沉。

一九七〇年代末我在中央研究院見過他幾次，他到南港出席中央研究院的評議會會議。有一次我還託朱炎老師請他在洪範版的《葉公超散文集》簽名。他在一九八一年十一月二十日於臺北辭世，享年七十七歲。蕭乾後來的境遇又是另一番故事。一九三九年，經藏學家于道泉推薦，他赴倫敦大學亞非學院（SOAS）擔任講師，並兼《大公報》駐歐洲記者。由於他來自中國戰區，在飽受納粹德國威脅的英國大受歡迎。當時尚未寫出《動物農莊》（*Animal Farm*）與《一九八四》（*1984*）的歐威爾（George Orwell）正好主管英國廣播公司（BBC）的遠東部，就邀蕭乾每週一次對外廣播。文化界的援華委員會（China Campaign Committee）甚至安排他至英國各地演講。他在《印度之旅》（*A Passage to India*）的作者佛斯特（E. M. Forster）的推薦下入劍橋大學念英國文學，而且就以研究佛斯特取得碩士學位。在英國十年，蕭乾廣交英國文人雅士，據說還死啃活啃讀完喬伊斯（James Joyce）的《尤利西斯》（*Ulysses*）。沒想到數十年後，一九九〇年，他與第四任妻子文若潔竟然合作翻譯喬伊斯這部巨著，四年得盡全功，此時他已高齡近八十五歲。一九四九年蕭乾原有機會擔任劍橋大學教職，在南渡與北歸之間，他選擇了北歸。以他英國十年的涉外關係，在反右與文革等政治運動期間自然也難逃遭到批鬥的厄運。蕭乾於一九九九年二月二十一日因心肌梗塞在北京逝世，得享耆壽八十九歲。

陳祖文老師在西南聯大結束後約兩年就來到臺灣，翌年中華民國政府也因兵敗而撤退來臺，陳老師應該也算是我的朋友楊儒賓所說的一九四九禮讚的一代。跟我的許多老師一樣，他的餘生都奉獻給臺灣的教育。他在世時，我有很多事情不懂；如果他還在世，這些事情我一定要請他為我解惑，就像一九七〇年代中期那些夜晚他教我英美詩那樣，尤其關於西南聯大，關於他的老師葉公超、沈從文、燕卜蓀，以及他的朋友穆旦、王佐良等。我還想知道，他曾經是位很有希望的年輕作家，是什麼原因讓他放棄了創作？回首往事堪驚，今天認識陳老師，或者讀過他的著作與翻譯的人可能不多了。他已經離開三十五年，我還始終記得他，記得那些夜晚，我曾經陪他走過如今景色早已不再的校園。

二〇二五年一月十五日凌晨於臺北

# 一生承教：朱炎老師

老師在學界數十年，以其光風霽月的身教與言教啟迪了一代代的學生，我們很多人都曾經在他的舟山路宿舍進進出出，自由自在，少有拘束。師母為我們的到來忙進忙出，準備茶點的情形依然歷歷在目。

可能是為了寫這篇紀念文字，前幾天突然夢見朱炎老師：他穿著淺色的長褲，淺藍色的上衣，有些清瘦，就像我初認識他那時的樣子。朱老師走後我數次夢見他，奇怪的是，夢中的他多半就是這個模樣。老師離去時七十六歲，那一天是二〇一一年十二月二十五日，是耶誕節；老師一生心繫家國，似乎也想藉此提醒我們，這一天也是臺灣光復節暨行憲紀念日！第二年同一天，我們十幾位門生故舊一早陪朱師母赴深坑的南港墓園，在老師墓前追思悼念。我們陪他喝啤酒，唱歌，唱他以前愛唱的〈木棉道〉和〈橄欖樹〉，一如老師生前。那一天我所主編的紀念文集《南山不寂寞：懷念朱炎教授》也適時由九歌出版社出版。一晃眼，朱老師竟然離開我們八年了！

朱老師桃李眾多，受鞭策最多，受惠也最多的大概就是我了。同門單德興不只一次提到，朱老師對我比較特別。一九七〇年代初我在臺灣師大英語系念書，大二或大三那年，我寫了一篇論文，討論余光中老師的詩，數月後論文在《中外文學》刊出，我欣喜萬分，把鉛字印出來的論文讀之再三，比後來自己出書或獲得學術獎項還要興奮。那是我第一篇有論有證，有註有釋的論文，現在看起來當然相當稚嫩，那畢竟是一位大學生初試啼聲之作。我看看《中外文學》的版權頁，才知道主編是朱炎——這也是我初識朱老師的大名。

第一次見到朱老師是一九七六年的秋天，我考進臺大外文研究所碩士班，第一學期就選修老師的「現代美國小說」這門課，正式成為老師的學生，就這樣開啟了往後數十年師生之誼。這門課主要修讀海明威、福克納等大家的幾部經典小說，同時還讀了安德森（Sherwood Anderson）的《小鎮畸人》（*Winesburg, Ohio*）與非裔美國作家艾里森（Ralph Ellison）的《隱形人》（*Invisible Man*）。這是我第一次在課堂上讀到非裔美國作家的作品，為我打開了一扇窗，我發現原來非裔美國文學擁有那麼豐厚的傳統。非裔美國文學日後成為我的學術研究領域之一，顯然肇始於朱老師課堂上的啟發。

老師主要以英語授課，講課時多以其論文或筆記為輔。上老師的課，讀他的學術著作，不難發現他其實是位心懷悲憫的人文主義者。當年臺大的師長中，不論外文系或中文系，未必每一位對文學都有一套嚴謹的理論體系，但是他們對文學的功能與用處深信不疑。我在朱老師身上就看到這樣的體認和信念。教學之外，他的學術著作——不論中文或英文——文字無不力求精確，筆下深帶感情，字裏行間更是充滿了人世情懷，所謂知人論世，展現文學在激發人的自我認識與自我救贖方面所扮演的重要角色，無疑是理想的倫理與道德批評。這些著作處處流露著朱老師對人、人性及人倫的終極關懷，在一個日趨褊小狹隘的政治與文化環境中，尤其當權力挾持歷史記憶，物慾凌駕人文價值，這樣的倫理與道德批評無非為了凸顯文學在導正人心、引領世風、改變俗態等方面的淑世功能。

在教學與研究之餘，朱老師還創作有小說集《酸棗子》、《繁星是夜的眼睛》與散文集《期待集》、《酒入愁腸總是淚》、《情繫文心》等多種。由於少小離家，在兵荒馬亂中顛沛流離，成長的過程備極艱辛，這些經歷與體驗日後竟成為他創作的活水源頭，而以不同的面貌融入他的小說與散文中。讀他的創作，不難感受到他內心那種失根之苦與家國之痛，杜甫詩云「感時撫事徒惋傷」，我以為最能道盡朱老師創作時的胸臆；而古詩中那種「常懷千歲憂」的生命感悟更是他的許多創作永恆復現的主題。

朱老師還為年輕朋友寫了不少具有勵志意義的散文，特別是《苦澀的成長》與《我和你在一起》這兩本散文集。這些散文情理兼具、文質相稱，老師以自身對生活的歷練，對人生的體驗，對生命的了悟，跟年輕朋友談心說理，娓娓道來，可以看出他對年輕朋友的關懷與愛護。以前我在《古蘭經》讀到這麼一句話：「一句良言，好比一棵優良的樹，其根柢是深固的，其枝條高聳入雲，憑主的許可，按時結果。」朱老師這些勵志散文，正中平和，溫馨懇切，充滿了期待與希望；其中的良言雋語，平易近人，就像《古蘭經》中說的那棵樹，是人生曠野中的標竿，為年輕朋友引領方向，指點迷津。

朱老師退休後為巴金森症所苦，晚年必須以輪椅代步，我看在眼裏，內心深感不捨與難過。他愛熱鬧，行動卻為病痛所限，寫作計畫也難再付諸實踐。他在病痛中發表的若干作品都是口述後由師母謄寫，再經他修訂完成的，過程甚為艱苦。在他為病痛折磨的那幾年，卻也是我公私多頭忙碌的時候，教學、研究及行政都是費心費時的工作，我幾乎沒有週末餘暇，因此能去探望老師的時間並不太多。有時去看他，為了多陪陪他，我也會留下來吃晚飯。其實我在臺大念書時就經常在老師家裏用餐，那時我還沒有成家，時間較多，有事沒事就往老師位於舟山路——現在改為基隆路——的臺大學人宿舍跑。其時師母的母親也住在一起，我以阿嬤稱呼她，最愛吃她做的紅燒肉——現在每次在餐廳點「外婆的紅燒肉」這道菜，我都會想起阿嬤。在老師病中陪他吃飯，飯後我們多半會看一會兒電視，那幾年臺灣在政治上紛擾不斷，我怕老師憂煩，對他的病情無益，因此絕對不看新聞報導和政論節目。我寧願陪他看看摔角，有時候師生還會像小孩那樣爭執：我說那些摔角選手的動作都是假的，雙方事先早已套招，老師卻堅持說那是真的。

我還清楚記得有一次在師母的陪同下，我和也是朱老師學生的內人從臺大學人宿舍推著輪椅上的老師，由舟山路經羅斯福路、新生南路、金華街，一路推到永康街，後來在一家臺菜餐廳吃中飯。回程我們沿著信義路走，還特地繞進大安森林公園，在一座涼亭休息；最後穿過和平東路，進入建國南路，沿著辛亥路臺大邊門的人行道走回到舟山路底的臺大宿舍。整個下午我們繞了大半個大安區，老師雖然看起來有些疲倦，但是心情顯然十分愉悅。

還有一次則是我突發奇想，想帶老師和師母去看看臺北市建築最為怪異的餐廳，我就約好了幾位同門與同事，請老師和師母到內湖的伍角船板用餐。我請同門紀元文開車，從舟山路把老師和師母帶到內湖。那天餐敘老師見到一些久未見面的學生與同事，神色歡悅，心情愉快，似乎一掃病痛帶來的鬱悶。飯後元文又從內湖把老師與師母帶到中央研究院，重訪老師曾經服務多年的地方，那一天我們跑了大半個臺北，我擔心老師體力無法負荷，沒想到他一路上未露疲態。後來大家都說，那天老師的心情好得眼睛發亮。世事無常，朱老師已經離去八年，伍角船板幾年前也歇業了，這幾年每次搭捷運文湖線經過餐廳舊址，我都不免想起那天大家歡聚的時光。

朱老師走後這八年來，我們若干故舊同門每年仍會定期聚會，除了互道平安，珍惜多年的情誼外，最重要的還是緬懷朱老師生前種種。老師處事待人的許多奇行義舉，大家聊起來仍然不免動容，甚至覺得不可思議。老師在學界數十年，以其光風霽月的身教與言教啟迪了一代代的學生，我們很多人都曾經在他的舟山路宿舍進進出出，自由自在，少有拘束。師母為我們的到來忙進忙出，準備茶點的情形依然歷歷在目。這八年來我偶爾去舟山路探視師母，那兩層樓高的學人宿舍質樸依舊，幾幅熟悉的書法依然高掛牆上。靠餐廳那頭掛的是楚戈先生的橫幅行書「靜觀」二字，落款處並錄憨山大師禪詩〈夜坐納涼〉第一首：「夜色喜新晴，迎秋爽氣生。雨餘林葉重，風度嶺雲輕。靜慮觀無我，藏修厭有名。坐看空界月，歷歷對孤明。」而在此「靜觀」大字左右並立的則是陳奇祿先生的魏碑集句聯，上聯錄秦觀〈踏莎行〉句：「霧失樓臺月迷津渡」，下聯則取陸游〈訴衷情〉詞：「心在天山身老滄洲」。客廳牆上的三幅書法分別為臺靜農老師與葉慶炳老師的作品，以及臺灣巡撫沈葆楨書法之拓本立軸。臺老師是大書家，他的集句上聯出自白居易〈香山寺〉：「家醞滿瓶書滿架」，下聯則錄許渾〈寄桐江隱者〉句：「山花如繡草如茵」。不難看出，這些古人的詩詞聯句多少寄託著朱老師的性情境遇，可見這幾位書家對朱老師的了解。葉慶炳老師書贈朱老師之自撰七言詩卻又稍顯複雜：

世事如麻感慨多　愁來慽慽復長歌
金門大麯陳年紹　今夜相偕醉爛柯
知子樂同道義交　三分溫厚七分豪
掌聲響起歌喉展　天外飛來萬頃濤
儒士風操俠士情　君心何日忘蒼生
黌宮傳道循循後　更著文章叮復嚀
憶昔初逢而立年　書多未讀愧薪傳
乍驚三紀忙中過　憂樂同嘗合是緣

詩寫於「庚午初秋葡苑宴罷」。葡苑為臺北著名餐廳，庚午為西元一九九〇年。葉老師與朱老師誼屬師生，詩中有「憶昔初逢而立年，書多未讀愧薪傳」二句，當然是葉老師自謙之語，但也正好描述了兩人之間的師生情誼。除此之外，葉老師的七言詩在抒寫朱老師的性情與境遇之餘，更提到朱老師如何善歌喜酒，而且時時以蒼生為念，在溫厚中卻又不失豪情！葉老師的詩看似酬唱之作，實則非常生動地道盡了我們對朱老師的認識。我還記得，一九九三年初秋葉老師不幸大去之時，朱老師悲傷逾恆，想來不是沒有原因的。

我也永遠記得，念完碩士班一年級的那個夏天，有一天朱老師突然問我是否有意願到中央研究院擔任約聘僱助理。我那時以家教與寫稿半工半讀，很需要有固定的收入，就這樣懵懵懂懂地進入中央研究院。日後我選擇以學術安身立命，朱老師這一問無異於決定了我大半生的命運。我年輕時有幸立雪程門，從遊三、四十年，一生承教，《論語・子罕》中有言，「君子循循然善誘人，博我以文，約我以禮」，老師當年的教誨至今仍如枝葉葳蕤，鬱鬱蒼蒼，庇蔭我日暮之年。

二〇二〇年一月二十日於臺北

# 關於《家變》二三事：王文興老師

《家變》當然不是不能批評，只是以我所受的文學教育，我可以確定有些批評不盡公允。年輕時的個性使然，這似乎是一篇不能不寫的論文……我相信《家變》終會傳世。

二〇二三年十月三日晚接到封德屏來電告知，王文興老師已於九月二十七日安息主懷，希望我給《文訊》撰寫一篇紀念文字。這個噩耗令我內心深受衝擊，感傷不已，一時難以接受。當時我正為眼疾所苦，辨字困難，不能看報，無法上網，出門不僅大費周章，更遑論提筆寫作。百感交集之餘，驀然想起，我自疫情之後竟已有數年未見王老師了，眼前映現的都是他消瘦的身影，以及他說話時總是帶著微笑的神情。

知道王老師的大名當在一九六〇年代中期左右，正是我邂逅《現代文學》雜誌的時候。我斷續在過期的雜誌上讀到他的小說，諸如〈海濱聖母節〉、〈欠缺〉、〈龍天樓〉等，直覺得跟以前讀過的小說很不一樣。其時我正熱衷於親近法國新小說（Nouveau Roman）與現代主義的作品，王老師這些小說講求形式結構，情節佈局另具巧思，反而讓我意識到小說其他的可能性。我比較有系統地閱讀王老師的作品是在《龍天樓》（一九六七）與《玩具手槍》（一九七〇）成書之後。至於《家變》（一九七三）則更是後來的事。我曾經聽已故老友李永平說，《家變》在《中外文學》連載時，他常和王老師為小說的排版與校對頻繁往返於臺大與印刷廠之間，永平那時正好以臺大外文系助教的身分擔任《中外文學》的執行編輯。

一九七六年我考進臺大外文研究所碩士班，應該是二年級上學期時，我選修了王老師的「英國現代小說」這門課，修課的除研究生外，還有大學部的學生，課室爆滿不在話下。那時候《家變》已經出版多年，其所引發的爭議卻依然餘波蕩漾。王老師的課排在午後，上他的課其實是很大的享受。他一向提倡精讀與慢讀，實則二者互為表裏，相因相成。正如單德興在其編著的《王文興訪談集》一書的自序中提到的，王老師授課「不假文學術語或理論，直指文字本身，探究字與字、句與句之間的關係與作用，還原到最基本功」。因為是研究生，我們的課連上三個小時，同時要比大學部的同學多讀一些作品；事隔近半個世紀了，具體上了哪些小說，我已經無法一一記得，記憶中比較確定的是高汀（William Golding）的《蒼蠅王》（*Lord of the Flies*）、勞倫斯（D. H. Lawrence）的《兒子與情人》（*Sons and Lovers*），以及佛斯特的《印度之旅》等。而我至今印象最爲深刻的，莫過於王老師對《兒子與情人》中某些段落的分析。他將這些段落喻為希臘悲劇中歌誦隊（chorus）吟唱的場景。到了研究所，我們對重要的希臘悲劇多半早已耳熟能詳，經王老師字斟句酌的分析，至少讓我對小說多了一些體會，背後除仰賴龐大的文學傳統之外，還有對文字調度的深切敏感。

那是一九七七年的事。有趣的是，六年後的一九八三年，高汀即獲頒諾貝爾文學獎。那是我們隨王老師細讀《蒼蠅王》時所不曾想到的。如果我没記錯，那門課我的學期報告討論的是《印度之旅》，那時候還沒有電腦輸入，我以手提打字機寫作，報告應該有十幾二十頁，大致為一般期末報告的長度要求。至於報告的內容，我如今已經不復記憶。王老師對我的報告給予極佳的評語，尤其肯定我的文字。獲得老師這樣的鼓勵，我自然非常高興。這篇有王老師英文評語的報告我保留了很多年，只可惜要寫這篇紀念文字時卻遍尋不著。

我當時早已細讀了《家變》，也讀過好幾篇有關《家變》的分析與評論。我之前就略知新小說和現代主義文學，因此王老師在《家變》中的文字實驗對我非但未構成問題，甚至還頗能體會；不過萌生要為文析論《家變》的念頭則是我上了博士班以後的事。現在細想起來，至少有兩個原因。其一是：我先前讀到民國六十三年（一九七四年）七月出版的《書評書目》第六期，發現這一期至少有六篇文章對《家變》極盡惡評，其中甚至還有以歪詩對之謾罵嘲諷。《書評書目》是我常讀的刊物，向來印象不錯，不解何以要以專輯的大篇幅圍剿《家變》，確實出乎我意料之外。我對專輯中的作者一無所知，只是隱然覺得這個專輯似非事出偶然。其二是：有一次上侯健老師「比較小說」的課，忘了是在什麼情形之下，侯老師提到中國國民黨文化工作會一度對《家變》很有意見。究竟他們有意見的是小說的內容或是文字，侯老師似乎並未說明。王老師離世後，在《聯合報》（二〇二三年十月十九日）刊出的一篇訪談中，他回憶當年自己之所以備受攻擊，「重點不在文字不一樣，而是認為簡直侮辱、否認中國文化」。一九七〇年代初大陸仍然深陷於文化大革命中，要破四舊，立四新；而在臺灣的中華民國，相對地則是官方大力推展中華文化復興運動。《家變》光看書名就有違當道的政策與意識形態，顯然政治並不正確，不為統治階級所喜可想而知。侯老師對當道的做法也深不以為然，他還因此出面替王老師辯解。《家變》出版當時臺灣仍處於戒嚴體制之下，政治氛圍依然相當嚴峻，侯老師的做法已經很不容易。

我撰文討論《家變》已是小說面世幾近十年之後，那是一九八二年，《背海的人》（上冊）甚至早在一年前已經出版。我初讀《家變》即認為這是難得一見的小說，王老師刻意經營的小說語言、形式、技巧，乃至於其情節結構所隱含的象徵意義，對臺灣當時的文學意識形態環境，難免構成不小的挑戰，有人視之為洪水猛獸，顯現的容或正是這個現象。我看得出這些人面對《家變》時的焦慮不安，既有文學的，也有政治的；也許十年二十年後，他們見多了或習慣了類似《家變》這樣的作品，他們的焦慮不安可能會形消於無。

我於是想到，或許可以就此向自己比較熟知的西方文學傳統求取援助。就我當年所累積的有限閱讀經驗而言，我知道有所謂的拉伯萊體小說（Rabelaisian novel），自法國文藝復興時期的拉伯萊（François Rabelais）以降，西方就有不少作家始終努力不懈，企圖挑戰既存的體制性文學語言，以滿足其創作需要。拉伯萊自己的巨著《卡甘都阿與班達古魯》（*Gargantua and Pantagruel*）即屬於這方面的經典。用批評家瓦瑟曼（Jerry Wasserman）的話說，「為了擁抱語言的自主性，打破句法、定義、意義、次序或方向等先入為主的局限，拉伯萊給予我們自由以及不斷的更新。語言對他來說畢竟是無窮盡的，新字彙可以發明，新的事物可以加入語言的世界。」瓦瑟曼這一段話不正是對《家變》最恰如其分的描述嗎？其後再如十八世紀英國的斯特恩（Laurence Sterne），其《崔斯坦．單廸傳》（*Tristram Shandy*）對小說語言與風格的實驗也令人耳目一新。到了二十世纪，喬伊斯、福克納（William Faulkner）、貝克特（Samuel Beckett）等人在語言、技巧與形式結構的探索更為小說藝術開發了諸多的可能性。他們都是廣為人知的世界級作家，很多人對他們的創作也不陌生，像喬伊斯的《尤利西斯》、福克納的《聲音與憤怒》（*The Sound and the Fury*）、《我彌留之際》（*As I Lay Dying*）、《八月之光》（*Light in August*）、《押沙龍，押沙龍！》（*Absalom, Absalom!*），以及貝克特的《墨菲》（*Murphy*）、《莫羅艾》（*Molloy*）等。我在一九六〇年代中期初識法國新小說時，即知新小說有所謂自由的間接語言（free indirect speech）一說，隱約紹續的正是長遠以來對小說語言的錘煉與實驗。新小說家羅布—格利葉（Alain Robbe-Grillet）甚至質疑所謂「真正的小說」（"true novel"）在巴爾札克時代（Balzacian period）即已確立這回事。

我那時正在研讀文類研究與影響研究方面的理論，對文類成規（generic convention）的概念已經相當清楚。剛好我在一九七八年洪範版《家變》中讀到王老師在新版序文中一段自剖式的話：「我有一個不近情的想法，我覺得：『《家變》可以撇開別的不談，只看文字……』。我相信拿開《家變》的文字，《家變》便不復是《家變》。就好像褫除掉紅玫瑰的紅色，玫瑰便不復是紅玫瑰。小說所有的零件（components），主題、人物、思想、肌理（texture），一概由文字表達。Period。一個作家的成功與失敗盡在文字。PERIOD。」這樣的自白非常重要。王老師所說的文字就是我在上文一再提到的語言。綜上所述，我自信有充分的理由，可以將《家變》納入拉伯萊體小說的文類家族傳統來討論。

這個認知當然也得力於當時我已經相當瞭然的符號學的文本理論，尤其是現在已為大家所熟悉的互文性（intertextuality）概念，即文本之間互為指涉的關係。若按法國符號學者克莉絲蒂娃（Julia Kristeva）的說法，文本的生產大抵為「其他文本的吸收與變形」的過程與結果。換言之，很少文本可以全然置身於其他文本之外。這個事實或現象並不妨礙文本生產的創意與特色。有誰能否定喬伊斯、福克納、貝克特等人小說的獨創意義？我當時構思撰寫〈王文興與西方文類〉一文，立論即在於想方設法疏通或協調文類成規與互文性這兩個涉及文學生產的重要概念。這樣的論證其實也適用於閱讀文學作品。我猜想《家變》之所以讓某些讀者感到焦慮不安，甚至惡語嘲弄，很重要的原因是這些讀者對文本生產與文類成規之間的關係缺少基本的理解。因此我在論文裏特意引用布倫姆（Harold Bloom）在其名著《影響的焦慮》（*The Anxiety of Influence*）中的話說：「任何一首詩都是詩間之詩（inter-poem），而任何一次詩的閱讀都是閱讀間的閱讀（inter-reading）。」大約三十年後的二〇一三年，易鵬好意將我這篇少作納入他所編選的《王文興》（臺灣現當代作家研究資料彙編48）一書，他在〈「盡在文字」：王文興研究觀察〉的長文評述中特別指出：「從李有成的觀點，唯有將王文興的作品放在特定文類家族的類型中，我們才能理解其不斷的革新與改變語言的理由與可能產生的焦慮。」易鵬這句話言簡意賅，卻也道盡我這篇少作的主要關懷。

說是少作並非謙辭。寫〈王文興與西方文類〉一文時，我正經歷所謂大理論（the grand theory）的洗禮，對俄國形式主義、結構主義，乃至於後結構主義多少有些涉獵，因此全文的論證多以理論鋪陳，少了文本分析，主要也是受制於論文議題的性質。現在稍加回憶，四十年前決定撰文為《家變》辯護，恐怕多少也是出於義憤。我當時聽了侯健老師的一席話，又想起先前《書評書目》對《家變》的非理性批評，也許那時我還年輕，雖然未必氣盛，但是總覺得王老師沒有必要受到這樣的委屈。《家變》當然不是不能批評，只是以我所受的文學教育，我可以確定有些批評不盡公允。年輕時的個性使然，這似乎是一篇不能不寫的論文，何況那時候我早已細讀《家變》，而且憑自己的文學知識，我相信《家變》終會傳世。

〈王文興與西方文類〉初刊於《中外文學》第十卷第十一期（一九八二年四月），儘管是少作，卻也清楚標誌著我在文學學術上走過的痕跡，因此後來我願意敝屣自珍，將之改題為〈《家變》與文類成規〉，收入我於二〇〇六年出版的《在理論的年代》一書。論文初發表時並未見有什麼反應，其時有關《家變》的討論雖說仍有餘波，只是熱潮已過，而且這是一篇相當理論性的論文，有興趣閱讀的人想來不會很多。我從未向王老師提起這篇論文，發表之初他自然也未對我表示任何看法。倒是有一次，我忘了是哪一位——可能是外文系擔任助教的一位同學——在不經意間跟我透露，王老師好像對我的論文有些意見。具體是什麼意見，這位助教點到為止，並未進一步說明。甚至王老師是否真的有些想法，我後來也沒有親自向老師求證。

二〇一七年單德興在一次對我的訪談中曾經向我詢及此事，正好讓我回想起不久前的一件小事。應該是在二〇一三年，臺大出版中心推出《慢讀王文興》套書，在那年或翌年的臺北國際書展有個新書推介活動，王老師自然是整個活動的重心。單德興曾經多次訪談王老師，對他了解甚多，也應邀擔任活動的與談者。活動會場座無虛席，毫無冷場，非常成功。活動結束後時值中午，出版中心安排到附近一家餐廳用餐，我也在受邀之列。忘了是飯前或是飯後，我和王老師不約而同起身要上洗手間，快到洗手間門口時，我自然稍停腳步，準備先讓老師入內。不想王老師突然側過頭來對我說，「有成，你那篇論文很有道理！」我楞了一下，不過很快就回過神來，連忙向老師道謝。其實刹那間我也不知道該說些什麼。那是十年前，當時我雖然早已過了耳順之年，能親耳聽到舊日師長對自己少作的肯定，儘管只是短短一句話，心裏卻還是深感溫暖的。王老師當面對我表示他的看法，這是唯一的一次，距離《中外文學》發表我那篇論文可已是三十年後了！

我不能算是非常親近王老師的學生，私底下甚至談不上有多少往來，主要是我不想打擾他的創作生活。因此我們見面多半是在公開或多人的場合，或者在臺大校園無意中碰巧相遇。我們的師生關係良好，見面時也會聊上幾句，互道近況。他是我非常尊敬的老師，也是我心中極為敬重的一位作家。我自己也創作，認識的詩人和作家更是不少，只是像王老師那樣苦行僧般創作的作家卻是絕無僅有。

這幾天我從書架上取下王老師的著作隨手翻閱，在《家變六講——寫作過程回顧》一書扉頁前的空白頁，我看到老師留下的幾個簽書文字：「有成：王文興」。這五個字加上冒號，分成兩行。我越看越感動。這樣的簽書並不多見：簡單、直接、淡雅、質樸、純粹，似乎象徵著數十年來我和王老師之間的師生情誼。我握著書，在書架前看著那五個字，心情一時很難平復。眼中映現著王老師簽書時的消瘦身影，淚水盈滿了我剛動過手術的眼睛。我會永遠懷念王老師。

二〇二三年十一月八日於臺北

# 緬懷詹明信

文學批評的任務並不在於回答：「這首詩或那本小說是什麼意思？」而是要問：「這首詩或那本小說究竟呈現了什麼樣的歷史問題？同時提出了怎樣的解決之道？」

退休後我雖然依然忙碌，不過有個好處，讀書可以不必那麼功利，心中無須時時記掛著研究計畫，可以稍稍隨興一些。除了自己感興趣的出版品與朋友的新書之外，我花較多時間閱讀的是早年讀過或者想讀而尚未讀的著作。現在讀書不在貪多，詩人除外，我較常造訪的作者範圍也不大：班雅明

(Walter Benjamin)、阿多諾(Theodor W. Adorno)、威廉斯、桑塔格、薩拉瑪戈(José Saramago)、大江健三郎……。而且我似乎偏愛他們的論說文字,這些文字以知性說理居多,集結成書也未必有連貫或統一的主題,因此不成體系,閱讀時興之所至,可以自由選讀自己想讀的篇章。

不說桑塔格、薩拉瑪戈與大江健三郎這幾位作家,這幾年重讀班雅明、阿多諾及威廉斯,我總不免會想到詹明信(Fredric R. Jameson)。威廉斯是二十世紀下半葉英國最重要的馬克思主義文化批評家,他論述文化唯物主義(cultural materialism),啟發了一整個世代的新左派批評家,對文化研究的濫觴與其日後的發展影響深遠。威廉斯於一九八八年去世之後,詹明信毫無疑問是英語世界最引人矚目的另一位馬克思主義文化批評家。他是學術重鎮,先後在美國幾所名校擔任教職,最後於一九八五年選擇落腳杜克大學。由於他長期在大學任教,尤其在杜克大學的四十年,培育了不少學術人才,同時在國際學界又相當活躍,不時應邀在各國大學或學術會議擔任講座,著作更被譯成多國語文,他的影響力因此是國際性的。

同樣被視為馬克思主義文化批評家,威廉斯與詹明信兩人的思想與理論淵源稍有不同。兩人當然都深受馬克思主義的影響，威廉斯出身威爾斯的勞動階級，父親是位鐵路工人，他的思想與理論不僅源於他的階級經驗，更與工業革命之後英國本土萌發的左派政治息息相關，儘管他也曾受到義大利馬克思主義者葛蘭西（Antonio Gramsci）的影響。他靠著一份政府獎學金從威爾斯鄉下來到劍橋大學，在三一學院修讀英國文學。就讀劍橋時他加入大不列顛共產黨；二戰期間被徵召入伍，成為反坦克兵團的一員。諾曼地登陸戰役後，他親眼目睹漢堡（Hamburg）歷經英國皇家空軍地毯式轟炸，整個城市只剩下斷垣殘壁，一片瘡痍。這些戰爭經驗對他衝擊很大，他後來成為一位和平主義者，終身反戰反核武。他也是一位行動主義者，長期參與成人與工人教育，以及其他社會運動。朝鮮戰爭時，他基於身為良心反對者的理由拒絕以後備軍人的身分接受徵召參戰。在面對法院審判時，陪審團中因一位古典文學教授的介入，威廉斯才倖免於被拘禁入獄。他雖然出身劍橋大學，並且大半生在劍橋度過，但是他坦言自己始終與劍橋格格不入——「不是我的劍橋」，他說。

詹明信與威廉斯的出身大不相同。他的父親是位醫師，在紐澤西州一個中產階級的郊區長大，大學主修法國文學，畢業於歷史悠久的哈弗福德學院

（Haverford College），一所位於賓夕法尼亞州的著名文理學院。詹明信與威廉斯在馬克思主義之外，彼此若在地緣上沾得上邊的就是哈弗福德學院——據說哈弗福德鎮名即取自威爾斯古鎮哈弗福德韋斯特（Haverfordwest）。詹明信在哈弗福德學院曾經受教於著名學者與批評家布斯（Wayne C. Booth），他的名著《小說的修辭》（*The Rhetoric of Fiction*）企圖在傳記批評與新批評之間另闢蹊徑，為小說研究構建新的理論。我在讀研究所時跟侯健老師上小說課，《小說的修辭》是小說理論的重要參考著作。詹明信大學畢業後即遠赴法國與德國遊學一年，多方接觸歐陸哲學與理論，包括結構主義與西方馬克思主義等。隨後他返回美國，入耶魯大學繼續深造，其業師中有文學史大家奧爾巴赫（Erich Auerbach）。奧爾巴赫為德國猶太人，眼見國家社會主義——即俗稱的納粹主義——興起，希特勒藉此操弄右翼民族主義分化德國社會，在政治上獲取一般德國人的支持，猶太人的命運危在旦夕，他於是當機立斷，在一九三七年出亡伊斯坦堡。他的皇皇巨著《模倣論：西方文學中對現實的再現》（*Mimesis: The Representation of Reality in Western Literature*）據說是在幾無參考資料的情形下，以三年時間（一九四二—一九四五）在伊斯坦堡完成的。這本大書從荷馬史詩、《舊約》一路談到普魯斯特（Marcel Proust）、吳爾芙（Virginia Woolf）等現代作家，上下兩千多年，橫跨歐洲許多國家和語文。奧爾巴赫顯然胸中別有懷抱，有意藉其著作批判納粹德國的國家主義與種族沙文主義。

詹明信與威廉斯至少有一點是類同的，他們在文學之外，也討論電視、電影等文化工業，關心文化生產如何再生產資本主義意識形態與消費社會。至於班雅明與阿多諾，我之所以認識他們的著作，主要還是受惠於詹明信的引介。我初次見到詹明信是在一九八七年的夏天。那年暑假，他在國立清華大學位於臺北市金華街與金山南路交界處的月涵堂發表系列演講——應該是出於廖炳惠的安排。我幾乎每一場都去參加，也因此與詹明信有數面之緣。我那時只讀過他的《語言的牢籠：結構主義與俄國形式主義批判》（*The Prison-House of Language: A Critical Account of Structuralism and Russian Formalism*）一書。同年六月，金恆煒主編的《當代》月刊開始連續刊登詹明信有關後現代主義的講稿。大陸在文化大革命結束之後，大學重新招生，知識界有一段時間流行所謂的文化熱，尤其是一九八〇年代，讀書人求知若渴，除大量譯介西方重要經典外，社會也逐步走向開放。詹明信恭逢其盛，也趕上了這一波文化熱。一九八五年秋冬之間，他應邀在北京大學發表系列演講，講題主要環繞著後現代主義開展。這些演講後經當時北大英文系學生唐小兵的翻譯與整理，次年輯印成《後現代主義與文化理論》一書出版。《當代》分數期接連刊載這些講稿，之後在一九八九年出版此書的繁體字版。詹明信還為繁體字版寫了一篇〈臺灣版序〉；他在序文中特別提醒讀者，在西方後現代主義與當下非西方國家的文化生產之間，「必須盡量避免做出結論性的判斷」，應該保持平行的對照，而且要不斷引發疑問與探索。

一九八八年我獲得傅爾布萊特基金會（The Fulbright-Hays Foundation）的獎助金，可以到美國研究一年。當時我衡量自己對俄國形式主義以降，至後結構主義的理論大致已有基本的了解，我主要欠缺的是政治與意識形態批評方面的理論，因此考慮再三，我寫了一封信以空郵寄給詹明信，告訴他我想利用傅爾布萊特獎助金，到杜克大學跟他讀書，特別希望他在理論方面給予指導。大約三個星期後仍沒有回音，於是我再次去信詢問是否收到我前一封信，並再次表達赴杜克大學向他學習的意願。那年頭寄一封航空信到美國，順利的話也要一個星期以上，這樣一來一往總要耗上兩三個星期的時間。兩個多星期後我終於收到詹明信署名的回信，言簡意賅，表示歡迎我到他那兒研究，其他細節可以進一步與他的祕書姍蒂（Sandy）聯絡。就這樣我帶著家人於八月初飛到美國，開始我一整年在杜克大學的研究生活。

杜克大學位於北卡羅來納州一個叫杜倫（Durham）的小鎮。我們住進姍蒂事先介紹租用的房子。兩三天後我到杜克大學去見姍蒂。我們租住的地方就有校車往來於學校與社區之間。杜克大學佔地很大，分東校園與西校園。學校的精華顯然在西校園，圖書館、書店、學生活動中心，以及杜克大學著名的歌德式教堂都在這裏。詹明信的辦公室在東校園。校車先到西校園，接著繼續開往東校園，途中會經過一片茂密的樹林。東校園的房舍就是一般兩三層高的建築，與西校園的風格完全不同。我找到了詹明信所主持的文學研究所（Graduate Program in Literature），在辦公室見到了姍蒂，一位嬌小的中年女士。她說會幫我辦理訪問學者識別證，也會請圖書館給我安排一間小研究室，另外替我約好與詹明信的見面時間。

記憶中大約兩三天後，我再到東校園去見詹明信，就在他不算很大的辦公室裏，其實距我們上次在臺北見面也不過一年左右。除了文學研究所，詹明信當時還主持杜克批判理論中心（Duke Center for Critical Theory）。我們約略談起他在臺北的系列演講，他那時候對臺灣的新浪潮電影——尤其是侯孝賢、楊德昌等的電影——很感興趣。我也表示希望可以跟他上課。他告訴我新的學期會開一門「法蘭克福學派」（The Frankfurt School）的課，並且推薦我預先閱讀馬丁·傑伊（Martin Jay）的著作《辯證的想像：法蘭克福學派與社會研究所史，一九二三—五〇》（*The Dialectical Imagination: A History of the Frankfurt School and the Institute of Social Research, 1923–50*）。我聽了心裏非常高興，對我而言，這是個全新的領域，也正好是我此時最為需要的。辭別了詹明信，我回到西校園，隨即到學生活動中心裏的書店買了一本《辯證的想像》。

初讀《辯證的想像》不是那麼順利，主要因為我過去缺少歐陸政治哲學的訓練。我讀過一些黑格爾美學，只是對他的哲學思想、他的辯證法所知有限，吉光片羽的知識是不夠的。傑伊在其書中討論的思想家包括阿多諾、霍克海默（Max Horkheimer）、馬庫塞（Herbert Marcuse）、羅文紹爾（Leo

Lowenthal）、佛洛姆（Erich Fromm）、紐曼（Franz Neumann）等，除了早年讀過佛洛姆的《愛的藝術》（*The Art of Loving*）中譯本外，其他我都一無所知。《辯證的想像》其實是一部知識史的著作，傑伊追溯法蘭克福學派第一次世界大戰之後在德國的發軔，到第二次世界大戰前後在美國的發展，時間超過四分之一世紀。他是哈佛大學訓練的歷史學家，長於轉述與析論法蘭克福學派諸家的思想大要，見出其中的傳承與流變。後來我跟詹明信上課，讀阿多諾與霍克海默合著的《啟蒙的辯證》（*Dialectic of Enlightenment*）時，若遇到不解的地方，我就回頭重讀《辯證的想像》的相關章節，頓覺豁然開朗。傑伊分析法蘭克福學派對文化工業的批判，把相當複雜的理論轉述得有條不紊，這種以簡馭繁而又不失其精髓的功夫對我頗多啓發。

開學後我去上詹明信的「法蘭克福學派」這門課，第一本書讀的就是《啟蒙的辯證》。上課地點就在東校園，碩、博士生一起上課，一間大教室擠滿了人。我們每週連上三個小時，當中偶爾短暫休息。詹明信通常會抱著一堆書走進教室，每本書都貼有不少的小紙條，他講課時隨時會翻閱這些書，從中引述一些段落作為參照。他以自己講課為主，但也安排正式選課的學生上臺報告。這門課以研讀阿多諾的著作為主，如果我沒記錯，除了《啟蒙的辯證》，我們還讀了他的《否定辯證法》（*Negative Dialectics*）和《最低限度的道德：來自被毀生活的省思》（*Minima Moralia: Reflections from Damaged Life*），都是必須細品慢嚼的著作。可以看得出來，在《否定辯證法》一書裏，阿多諾主要挑戰的是黑格爾式的辯證法，即大家所熟知的「正、反、合」的邏輯。簡單言之，在阿多諾看來，「合」（synthesis）的最後絕對性往往會導致思想系統的統一性或總體性（totality），這是法西斯主義的溫床，也是令阿多諾最為耿耿於懷之處。其不幸結果自然是納粹德國暴虐之焚書浩劫，以及二戰期間希特勒針對所謂猶太人問題所採行的「最後解決方案」（the Final Solution），這無疑是大屠殺（the Holocaust）的邏輯根源。一言以蔽之，阿多諾的整個論證無非是要避免重蹈覆轍，希望奧斯維辛（Auschwitz）集中營之類的歷史悲劇不再重演。《最低限度的道德》所收多為文字相當濃縮的短文，語多反省，主要在提醒我們，面對晚期資本主義，應該如何在異化、從眾、失去個體性的現代社會中尋求較為完滿的生活。

第二學期詹明信開的課是「後現代主義」（Postmodernism），一大間教室照樣擠滿了學生。當時他的皇皇巨著《後現代主義，或晚期資本主義的文化邏輯》（*Postmodernism, or, the Cultural Logic of Late Capitalism*）尚未出版，不過同一標題的長文早在一九八四年就發表在《新左派評論》（*New Left Review*），我來杜克大學之前就讀過這篇論文，因此大致了解他對後現代主義的基本想法。大約自這篇宏文之後，學術界在討論後現代主義時，他是一個無法繞過的人物。他的關注不只限於文學，他也談建築、繪畫、音樂、電影等，紹續的是法蘭克福學派對晚期資本主義大眾文化的批判，只是他的觸鬚更深，思慮更遠，視野更廣。詹明信上「後現代主義」的課很有意思。他每次還是抱著一大堆書來上課。我記得我們第一本書讀的就是范圖里等人（Robert Venturi, Denise Scott Brown and Steven Izenour）合著的《向拉斯維加斯學習》（*Learning from Las Vegas*），書中特別討論拉斯維加斯被幾位作者稱為帶狀（the strip）的城市空間設計，藉此對現代建築提出批判，並宣告那種投大眾所好的後現代建築的到來。我們當然也讀了李歐塔（Jean-François Lyotard）的《後現代狀況》（*The Postmodern Condition*），還有伯曼（Marshall Berman）的《一切堅固的東西都已煙消雲散：現代性的體驗》（*All That Is Solid Melts into Air: The Experience of Modernity*）。有趣的是，我們還讀了托瑪斯・曼（Thomas Mann）的《魔山》（*The Magic Mountain*）。還有一次詹明信讓我們聽約翰・凱吉（John Cage）的音樂。我以前從未接觸過，還以為會聽到什麼樂器的演奏，結果聽到的是風聲、雨聲，以及乾咳與走路聲。這對我真是個震撼。不過對我後來啟發最大的還是讀了班雅明的作品，諸如〈攝影小史〉（"A Short History of Photography"）和〈機械複製時代的藝術作品〉（"The Work of Art in the Age of Mechanical Reproduction"），開啟了往後我對班雅明著作的興趣。當時班雅明作品的英譯還很少，更不見得有中譯本，我在杜克大學的書店買到兩本文選：《啟迪》（*Illuminations*）和《省思》（*Reflections*），鄂蘭（Hannah Arendt）還為《啟迪》寫了一篇長達五十頁的導論。《省思》是鄂蘭生前編選的，不幸的是，她來不及完成導論就與世長辭了。

詹明信因為曾在大陸講學，非常關心大陸的發展。應該是在一九八九年的春天，劉賓雁受邀到杜克大學訪問。我不清楚是否出於詹明信的邀請，總之，他為劉賓雁的到訪辦了一個小型的閉門座談會。劉賓雁那時候已被開除黨籍，正在哈佛大學擔任研究員。座談會真的很小，大概只邀了七八個人參加，地點選在杜克大學的招待所，據說以前曾經是校長的宿舍。我也受邀參加。此外，還有北京大學英文系的楊周翰教授。楊老師是外文學界的老前輩，也是中國比較文學學會的會長，當時正在設於北卡羅來納州的國家人文中心（National Humanities Center）研究。出席者還有我認識的王瑾和幾位東亞系的教授，包括研究中國現代史的德里克（Arif Dirlik）。詹明信親自主持座談會，他的學生唐小兵擔任翻譯。劉賓雁是名記者、名作家，曾經親歷一九八〇年代大陸的自由化運動，因此對當時的大陸相當了解。事隔多年，我現在已經忘了當天他的談話細節，大抵不出當時大陸的文化熱與政治體制改革。我的印象是，他雖然參與自由化運動，但是他始終是相信社會主義的。

我們在翌年八月回到臺北。一九九〇年的夏天，詹明信再訪臺北，仍在月涵堂發表系列演講。這次待得較久，記得是租用離臺北市仰德大道不遠的一間民房。我有時候會陪他回去。有一次他要我帶他去錄影帶店，他想買幾部電影。那還不是光碟的時代，錄影帶還分 Beta 和 VHS 兩種規格。那是臺灣新浪潮電影風行一時的年代，詹明信後來有長文〈重為臺北繪圖〉（“Remapping Taipei”），收入他的《地緣政治美學：世界體系中的電影與空間》（*The*

*Geopolitical Aesthetic: Cinema and Space in the World System*）一書中，成為該書第二部分的第二章。這一章專論臺灣新浪潮電影，特別聚焦在楊德昌的《恐怖分子》，雖然行文時偶爾也旁及楊德昌的其他電影如《牯嶺街少年殺人事件》與侯孝賢的《悲情城市》。跟其他章節一樣，詹明信旁徵博引，論證環環相扣，尤其對片中某些鏡頭與場景的分析，抽絲剝繭，細膩而又複雜。不過他的析論始終緊扣書名所說的世界體系，透過他的解讀，《恐怖分子》坐實了臺灣屬於環太平洋地區發展中的第三世界，或者新近正在工業化的第一世界，臺灣就在這個世界體系之中，其住民猶如「置身在其城市的諸多盒子裏：繁榮昌盛與枯竭頹萎同時並存，大自然已經消失。……即使如此，某種令人愉悅而又鼓舞的東西如光明本身，即白日的時光，仍然深深嵌入城市的日常事物當中。」這樣的結論確實是相當詹明信式的（Jamesonian），留下一個烏托邦式的希望，而烏托邦在詹明信的論述裏一向隱含解放的積極寓意。

二〇二四年九月下旬，在網路上接連讀到學界悼念詹明信的文字，我才知道他已在九月二十二日，以耆壽九十歲離開人世。我自一九九〇年夏天之後就沒再跟他見面，但我一直記得他，也不時讀到他的著作，儘管永遠趕不上他

詹明信攝於臺北某錄影帶店，一九九〇年左右

的著作的出版速度。他從一九六一年出版其改寫自博士論文的《沙特：一種風格的始源》(*Sartre: Origins of a Style*)一書後，到二〇二四年生前最後一本的《當下的發明：小說在其全球化的危機中》(*Inventions of a Present: The Novel in Its Crisis of Globalization*)，總共出版了近三十本書，平均兩三年一本，另外兩本已在預告中，即將在他身後出版。詹明信在母語英文之外，精通法文與德文，他博學多聞，關懷廣泛，思想深邃，威廉斯的學生伊格頓(Terry Eagleton)——另一位馬克思主義文化批評家——讚譽詹明信為一位「精力充沛的批評家」，其著作指涉可以上自希臘悲劇、《聖經》，下至當代科幻小說。詹明信所論更遍及各種文化產品：電影、繪畫、音樂、攝影、建築等，更遑論理論與哲學。他的著作體大思精，文字濃稠，滔滔雄辯，論證有力，為過去六十年來英語世界所少見。以一位馬克思主義者竟成為美國這個資本主義強權的學院重鎮，無論如何是個異數。

我很清楚他對我的影響。譬如，他有長文〈多國資本主義時代的第三世界文學〉("Third-World Literature in the Era of Multinational Capitalism")，刊登於一九八六年秋季號的《社會文本》(*Social Text*)這本學術期刊，他認為第三世界的文學必然深有寓意；由於第三世界國家大都經歷過被帝國強權殖民宰制的歷史經驗，因此第三世界文學無不屬於國族寓言（national allegory）。這個論點固然不乏例證，卻也失之武斷，因此難免受到挑戰。不過我認為詹明信的本意無非想提出一種主導敘事（master narrative），藉此解釋第三世界文學生產的政治意義。有些主導敘事在處理經驗的細節上容或以偏概全，不過以國族寓言的概念來閱讀某些第三世界文學仍然不失其有效性。基於這樣的了解，我在二〇一一年九月曾經為文論李永平的首作《婆羅洲之子》，即將之視為少年李永平的國族寓言。我認為「這本小說相當清楚地展現了李永平少年時代的國族想像」，而「他的國族想像既是他的烏托邦計畫，卻也同時反證其內心世界的焦慮與慾望。」

不過對我啟發最多的應屬詹明信早期那本《政治無意識：敘事之為社會性的象徵行動》（*The Political Unconscious: Narrative as a Socially Symbolic Act*），這其實是他的第四本書。他在書的序文開門見山就是一句口號：「總是歷史化！」（"Always historicize!"）歷史對詹明信至關緊要，不過他心目中的歷史不只是文學作品中實證的歷史或社會背景，其內容更多的是面對物質匱乏的生活鬥爭，是對立群體或階級之間的對抗，也是與不同形式的政治壓制的抗爭。文學的目的在掌握這樣的歷史，文學文本因此不僅是客觀存在的客體，正如這本書的副書名所示，而應該屬於象徵性的實踐行為——文學文本在某個意義上只是暫時地或魔幻地解決這些歷史矛盾的策略。準此而論，文學作品不在反映或描摹歷史，而是以象徵的方式與歷史協商。歷史因此是文學的「潛文本」（sub-text），文學批評的任務與功能即在挖掘與重建此「潛文本」。此之所以連形式也難免隱含意識形態。換言之，意識形態不只存在於內容，也同時存在於形式。形式不應該被視為客觀的美學設計而已。

對詹明信而言，文學批評的任務並不在於回答：「這首詩或那本小說是什麼意思？」而是要問：「這首詩或那本小說究竟呈現了什麼樣的歷史問題？同時提出了怎樣的解決之道？」詹明信因此認為，任何文學批評都是政治批評，任何文學詮釋都是政治詮釋。他在《政治無意識》一書第一章就開宗明義強調，詮釋的「政治視角並不是某種補充的方法，也不是當今流行的其他詮釋方法的某種選擇性輔助」；反之，政治視角永遠「是所有閱讀與所有詮釋絕對的地平線」。文學批評的目的是要在文本的表面底下揭露歷史現實中那些被壓抑與被掩埋的元素，這就是他所津津樂道的歷史無意識。他有時稱這種政治批評為辯證批評。他那本評論西方馬克思主義的《馬克思主義與形式：二十世紀文學的辯證理論》(*Marxism and Form: Twentieth-Century Dialectical Theories of Literature*) 終章暢論的就是他所揭櫫的辯證批評。詹明信的論述風格一向繁複艱澀，他自承這種風格旨在引發一種「辯證的震撼」(dialectical shock)，目的在逼使讀者走出期待簡單易懂而又舒適的閱讀習慣，以面對預期之外的痛苦的真實現象。

詹明信教會我文學與文化批評嚴肅的淑世意義，他的著作啟發了我，讓我適時調整我的批判立場與學術信念。我們相處的時間不長，但他影響了我日後的文學思想與批評實踐。我會永遠懷念他。

二〇二四年十月十一日於臺北

# 我與莎士比亞

我在雅芬河畔徜徉頗久，看河上各類水禽來回划游，不為遊人所動。我不免設想，幾個世紀之前少年莎士比亞應該也曾在這河邊嬉戲，退休後也可能陪著比他年長的老妻在此散步。

我究竟是何時第一次聽到莎士比亞的大名的，年代久遠，如今已不復記憶。我的小學是在一個窮鄉僻壤的漁村，跟莎士比亞壓根兒扯不上關係，儘管我小學時代大半的時間英國殖民主尚未離去。此時我對莎士比亞應該還是聞所未聞的。聽說英國有這麼一位偉大的劇作家兼詩人肯定是在上了中學之後。在日常的閱讀中，莎士比亞應該是個不時遭遇的名字。一九六〇年我進入檳城鍾靈中學就讀時，學校已經改制為公立中學。一九五六年，學校決定改制，接受英國殖民政府的財政補助。改制意味絕大部分的科目必須改以英語授課，這個決定立即造成軒然大波，不僅引起維護華教者的非難，部分學生甚至佔據學校禮堂靜坐抗議。在我就讀鍾靈中學時，風波早已過去，除華文與馬來文（馬來西亞國語）之外，其他科目早已全面改採英語授課，教材也幾乎全出自英國出版社。馬來亞雖然已經獨立，只是殖民遺緒仍在。一九六六年我自鍾靈中學畢業時，新的馬來西亞已經立國三年了，學校的整個教學仍舊一如既往，與殖民時期無異。

鍾靈中學的英文課屬於重課，節數比重高於其他科目。英文課幾乎不教文法，至多教些簡單的時態變化，以及主動式和被動式語法的區別。我們當然也寫作文，另外也學習如何將長文節寫成一兩百字的短文，即所謂的 précis。這個訓練對我日後撰寫論文摘要幫助很大。英文課的其他時間都花在閱讀文學或傳記作品上。那幾年具體在課堂上讀過哪些作品，其實記憶已經相當模糊。我印象最為深刻的是威爾斯（H. G. Wells）的《隱形人》（*The Invisible*

*Man*）。我還因此在學校圖書館找了幾本相關著作，寫了一篇簡介威爾斯的短文，發表在《鍾中新聞》的副刊上。一兩千字的短文雖然粗淺，卻也是我第一篇文學評論的文字，冥冥之中似乎早已注定我日後要靠文學研究謀生。除此之外，我們還選讀了幾部十八、十九世紀流行一時的冒險小說，諸如狄福（Daniel Defoe）的《魯濱孫漂流記》（*Robinson Crusoe*）、史帝文森（Robert Louis Stevenson）的《金銀島》（*Treasure Island*），以及哈葛德（Sir H. Rider Haggard）的《所羅門王的寶藏》（*King Solomon's Mines*）等。英文老師之所以選擇這種類型的小說，可能著眼於這些小說情節險宕離奇，故事引人入勝，比較容易激發我們的閱讀興趣。至於十八、十九世紀的英文，顯然並非他們的主要考慮。我後來研究後殖民理論，才體認到這些小說原來屬於批評家所說的田園詩式的殖民的成功故事，背後隱然可見大英帝國對外擴張時期的感覺結構。這一切當然不是我的英文老師所能理解的。

我就在這樣的學習氛圍下初窺莎士比亞。那可能是在高二或高三的英文課上，近一甲子之後，我記得的只有兩齣戲。一齣是《威尼斯商人》（*The Merchant of Venice*），另一齣則是《馬克白》（*Macbeth*）。我依稀記得，我初讀《威尼斯商人》，對那位放高利貸的猶太商人夏洛克（Shylock）竟然同情不已，當他與安東尼奧（Antonia）簽下那一英磅的一紙借據時，我知道他要吃大虧了。我對《威尼斯商人》並無好感，戲中人物的種族歧視隱然若現，因此往後數十年，除了修課，我再未主動重讀《威尼斯商人》。有一年我到倫敦短訪研究，在圖書館隨意翻閱伊莉莎白一世（Elizabeth I）的日記，無意間發現她竟然抱怨倫敦外國人過多。女皇長居里奇門宮（Richmond Palace），與倫敦有些距離，尚且心存如此觀感，遑論住在倫敦的人。而這些外國人中，離散的猶太人應該不在少數。莎士比亞筆下之出現像夏洛克這樣的猶太人，想來應非偶然。

我對《馬克白》的觀感卻又不同。其時當然對文學批評一無所知，對文學的任何體會純粹出於直接感受。《馬克白》一劇劇情奇詭神祕，主題涉及忠誠與背叛，再加上心理刻劃，在我讀來就是要比充滿算計的《威尼斯商人》深刻得多。《馬克白》因此是我日後多次重讀的莎劇之一。在讀過《馬克白》之後不久，我在電影院觀賞了日本導演黑澤明的《蜘蛛巢城》，總覺得故事似曾相識，後來才恍然大悟，果然《蜘蛛巢城》改編自《馬克白》，只是時空背景換成了日本的戰國時代。我後來也觀賞了他一九八五年的《亂》，這部電影所據則是莎士比亞的《李爾王》(*King Lear*)。既然談到電影，也許應該一提，我真正觀賞的第一部莎劇電影是蘇聯出品的《哈姆雷特》(*Hamlet*)。我不清楚是哪一個年代的電影，黑白片，俄語發音，有英文字幕。我對這部蘇聯電影印象深刻，電影相當忠於原著，沒有陷入階級鬥爭的窠臼，飾演哈姆雷特那位高瘦的演員特別令人激賞。那是一九七〇年三月二十九日的晚上，我那時正好擔任《學生周報》與《蕉風》月刊的編輯，那幾天正隨姚拓和白垚兩位先生做客新加坡，會見這一報一刊的新加坡作者。好友陳瑞獻時任法國駐新加坡大使館新聞祕書，幫我們要來了幾張電影《哈姆雷特》的招待券。那時候蘇聯仍是東歐共黨集團的龍頭老大，沒想到的是，二十年後這個集團竟然煙消雲散。這是當時我無論如何無法想像的。

我比較有系統地閱讀莎士比亞當在大學與研究所階段。在臺灣師大英語系四年級那年，我選讀了滕以魯老師所開的「莎士比亞」。這是一學年的課，滕老師上課非常賣力，經常一人分飾多個角色，逐行分析道白，因此我們讀得相當仔細。即使如此，一年下來也讀了十幾齣戲。隔年我考進臺大外文研究所碩士班，第一年第一學期我就選修了方光珞老師的「莎士比亞專題」。這是我第二次在課堂上讀莎士比亞。我們從方老師規劃選讀的劇作中擇一報告，然後一起討論。這先後兩次修課，莎士比亞三十幾個劇本，即使有若干重複，至少也讀了三分之二左右，悲劇讀過不只一次，歷史劇大部分讀過，悲喜劇與喜劇也讀過不少。我不是莎劇學者，只是往後三、四十年，莎士比亞卻成為我不時重讀的作家，當然重讀的範圍有限，多半集中在四大悲劇與少數歷史劇。不過細想起來，重讀次數最多的恐怕是《暴風雨》（*The Tempest*）。我因為專研後殖民理論，曾經多次引證《暴風雨》，將之模塑為一個後殖民文本，甚至把劇中被醜化的精靈卡力班（Caliban）歸類為反殖民的原住民，並依此進一步論說所謂的卡力班辯證法。

我既然不是莎士比亞學者，自然並未深入研究莎士比亞，或者發表有關莎士比亞研究的論著。我寫過的與莎士比亞有關的文字是一篇分析《羅密歐與朱麗葉》（*Romeo and Juliet*）序詩的短文，就直接題為〈《羅密歐與朱麗葉》的序詩〉。我那時還是大二或大三的學生，靠自己摸索，認真地把莎士比亞的十四行詩讀過一遍，又隨意讀了幾部莎劇，我發現《羅密歐與朱麗葉》的序詩其實也是一首十四行詩，就與起析論這首序詩與整齣戲之間結構上的關係。由於研讀莎士比亞的十四行詩，我對這種詩體的結構與音節也下過一番功夫，我發現《羅密歐與朱麗葉》的序詩嚴守莎士比亞十四行詩的規範，前十二行可被視為三節的四行體（quatrain），最後兩行是個英雄偶句（heroic couplet），整首詩的音步採用的是「抑揚五步格」。最有趣的是，整首十四行詩的內容其實就是劇情的縮影。我還援用戲劇基本情節結構的四大部分，即闡釋（exposition）、糾葛（complication）、高潮（climax）及收場（denouement），來分析這首序詩與劇情的環扣關係。這篇短文完成於一九七三年，那是五十年前的事了，我已經忘了最初發表的園地，後來收入我二〇〇六年由九歌出版社出版的文集《文學的複音變奏》裏。

我另外寫過一篇間接與莎士比亞有關的論文，題為〈王元化與莎劇研究〉。這篇論文是應師大紀念梁實秋先生百年冥誕研討會之邀所寫的。那是二〇一一年，我之所以選擇王元化為研究對象，主要因為在他早年的生命歷程中，莎劇與莎劇研究扮演了極其重要的角色。王元化為上海著名文學與文化學者，在政治上歷經胡風案與文化大革命的迫害，而在他面臨生命危機時，莎劇帶給他相當震撼的積極意義。他甚至還因此研讀西方傳統的莎劇研究文獻，並且針對若干悲劇提出自己的詮釋。我認為他的詮釋是一種自傳式的讀法，「這是一種知人論世的讀法，映照讀者在閱讀當時的思想、感受或心靈狀態。」王元化的莎劇研究不同於一般的學術研究，在我看來，他的研究也反證了大陸「某個歷史階段中許多知識分子的坎坷命運」。

前面提到一九六〇年代觀賞莎劇電影的情形，其後類似的經驗也不在少數。譬如奧利佛（Laurence Olivier）所主演的多部悲劇與歷史劇，特別是《哈姆雷特》、《李爾王》、《奧賽羅》（*Othello*）。有許多年，奧利佛是演出莎劇的不二人選。一九六三年他參與創建位於倫敦泰晤士河南岸（South Bank）的國家劇院（National Theatre）。他的一座塑像至今仍然屹立於國家劇院附近。我比較印象深刻的另一部莎劇電影是布萊納（Kenneth Branagh）執導與演出的《哈姆雷特》。參與演出的還有我喜愛的英國女演員溫斯蕾（Kate Winslet）。這部現代版的《哈姆雷特》竟然片長四個多小時，完成於一九九六年。我記得我們一家人是在倫敦市中心萊斯特方場（Leicester Square）的奧迪安（Odeon）電影院觀賞這部電影的。溫斯蕾飾演奧菲利亞（Ophelia），演得中規中矩，只是布萊納所扮演的哈姆雷特卻稍顯老氣。

至於在劇場演出的莎劇，由於過去二十幾年我經常赴倫敦短訪或參加學術研討會，倒是看了不少。倫敦是戲劇之都，每天在大小劇場演出的戲劇數不勝數，而在這些戲劇中，總少不了莎劇。過去二十幾年，倫敦演出莎劇最多的地方恐怕要數南岸的圓型劇場（The Globe Theatre）。這座劇場臨近泰德現代美術館（Tate Modern），一九九七年啟用。一九九五年至一九九七年間，我兩度掛單倫敦大學高思密學院（Goldsmith's College）的社會學系，曾經多次在南岸走動；在圓型劇場峻工之前，我數度跑進工地觀看施工的情形，工人多半朝我瞅了一眼，從來沒人問明我的來歷與用意。新建的劇場據說距當年演出莎劇的圓型劇場不遠，而且仿造當年劇場的原型，建材也以木頭為主。早年在師大英語系上滕以魯老師的「戲劇選讀」課時，我在課本上初見圓型劇場原型的素描——有趣的是，其實那是一五九六年一位叫德威特（Johannes de Witt）的荷蘭學生的素描，原型還是當時兩大劇場之一的天鵝劇場（The Swan Theatre）。另一家玫瑰劇場（The Rose Theatre），遺址就在現今圓型劇場後面數百公尺外的地方。莎士比亞時代的圓型劇場建於一五九九年，就在倫敦橋附近的南華克（Southwark），距現今的圓型劇場約兩三百公尺左右。據考開幕劇就是莎士比亞在同一年完成的新編歷史劇《凱撒大帝》（*Julius Caesar*）。這是座戶外劇場，當時還有一種室內劇場。一五九九年的圓型劇場只存在了十四年，一六一三年在演出《亨利八世》（*Henry VIII*）時，因特效不慎釀成意外，劇場的茅草屋頂著火，竟然一發不可收拾，劇場就這樣燬於大火。圓型劇場在隔年重建，一六四二年在清教徒逼迫之下關閉，兩年後被徹底廢棄。

既提到歷史劇《亨利八世》，也許可以順便談談緊鄰現今圓型劇場左側的一棟三層公寓。這棟公寓應該初建於十五世紀，現在公寓外牆上有文字說明，一五〇二年，西班牙公主阿拉岡的凱瑟琳（Catherine of Aragon）曾經暫居此處。凱瑟琳三歲時與英國王儲威爾斯親王亞瑟（Arthur, Prince of Wales）締親，一五〇一年兩人成婚，時亞瑟僅十六歲，凱瑟琳還小他一歲。沒想到約半年後亞瑟卻一病不起，新婚的凱瑟琳隨即變成年輕寡婦。一五〇九年，她在公公的安排下改嫁自己的小叔——登基不久的亨利八世。凱瑟琳自承她與亞瑟婚後並未圓房，因此還是處子之身。不過她與亨利八世這段婚姻也只維持了十來年，亨利八世後來姘上了凱瑟琳的女侍官安妮寶琳（Anne Boleyn）。

之後的故事發展稍知亨利八世婚史的人早已耳熟能詳。亨利八世為了娶安妮寶琳，必須與凱瑟琳離婚，羅馬教會當然不允所請。雙方堅持不下，最後亨利八世不惜與教廷決裂，英國竟然脫離羅馬教會，棄天主教而改奉新教為國教，即今日所謂的英格蘭教會（Church of England）。一五三三年六月一日，安妮寶琳正式加冕為皇后，不久生下一女。兩人的婚姻只維持了短短三年，亨利八世又愛上一位叫珍西摩（Jane Seymour）的侍女，竟然以十八項罪名將安妮寶琳關進倫敦塔，兩個多星期後將她斬首處死。安妮寶琳死後第二天，亨利八世就與珍西摩成婚。可歎的是，一年半後，珍西摩雖然為亨利八世產下一子，產後十二天卻因併發症與世長辭，得年僅三十歲。安妮寶琳留下的女兒後來即位成為都鐸王朝的第五位，也是最後一位君王，即前面曾經提到的伊莉莎白一世。莎士比亞活躍劇場的年代正是伊莉莎白一世在位的年代，涵蓋了英國文藝復興的主要時期。圓型劇場旁一棟不怎麼起眼的三層公寓竟迂迴地牽動了都鐸王朝的歷史發展，當年莎士比亞就住在南華克，他入股投資並參與營運的圓型劇場也在附近，如果他沿泰晤士河南岸走，一定會不時路經這棟公寓。不知道當時他會想些什麼？

一六〇三年伊莉莎白一世去世，不久倫敦爆發鼠疫，劇場演出大受影響。一六一〇年之前幾年，劇場活動幾告停頓。莎士比亞在一六一三年圓型劇場燬於火災之前告老還鄉，回到他的出生地雅芬河畔的史特拉特福（Stratford-upon-Avon）。經過倫敦多年的劇場生涯，莎士比亞累積了可觀的財富，因此退休後生活無虞。一六一六年四月二十三日，莎士比亞在家鄉辭世，得年五十二歲，留下髮妻哈瑟薇（Anne Hathaway）、女兒蘇姍娜（Susanna）與茱蒂絲（Judith）。兩個女兒都無所出。莎士比亞死後就埋在他當年受洗與結婚的聖三一教堂（Holy Trinity Church）。這座教堂因此有時也被暱稱為莎士比亞教堂。

我曾經數訪史特拉特福，不只一次走訪與莎士比亞有關的幾處舊居。二〇一二年夏天，我滯居牛津兩個月，生活單純，就是訪書、讀書與寫作。史特拉特福距牛津不遠，八月十五日這一天，我特地重遊這座因莎士比亞而為世人所知的古鎮。除了再訪莎士比亞與其夫人故居外，我在雅芬河畔徜徉頗久，看河上各類水禽來回划游，不為遊人所動。我不免設想，幾個世紀之前少年莎士比亞應該也曾在這河邊嬉戲，退休後也可能陪著比他年長的老妻在此散步。聖三一教堂離市中心不遠，步行可至。我於是沿著河畔馬路走，路經皇家莎士比亞劇院，不久就來到聖三一教堂。教堂邊門有標示文字引領遊客至莎士比亞埋身的廳堂。莎士比亞的墓地位於一座十五世紀祭壇前的空地，在他身旁陪伴他的是他的妻子哈瑟薇與長女蘇姍娜。祭壇牆下方有一尊莎士比亞的半身塑像，據說是依莎士比亞臨終時的面容形塑的，因此被認為最接近他生前的樣子。墓地後方寫著四行詩句，韻腳為簡單的 aa bb：

Good frend for Iesvs sake forbeare,
To digg the dvst encloased heare.
Blese be y man y spares thes stones,
And cvrst be he y moves my bones.

好朋友，看在耶穌分上，請勿
挖掘覆蓋此處的塵土。
祝福放過這些墓石的人，
詛咒移動我的骨頭的人。

詩意明晰，毫不含糊，警告的意味十足。我站在莎士比亞墓前甚久，心想：難不成他死後還不忘要繼續與世人爭吵？

二〇二二年十二月二十一日於臺北

# 武昌街一景：周夢蝶先生

我始終謹守身為讀者與顧客的分寸，從來沒有打擾過他。這樣的情形大約維持了一年光景，有一天又去明星咖啡屋騎樓等車，我發現周先生不在，書架也不見了。

## 一

一九七〇年代末至一九八〇年代中，有六年時間，我在國立中央大學英文系兼課，主要講授英國文學史，每週四小時，分兩次上課，因此我每週必須到中央大學兩次。我的課都排在下午。中央大學位於當時桃園縣的中壢，距臺北約一個小時車程，我通常搭學校的交通車來往臺北與中壢之間。我們大部分教師都會在武昌街城隍廟對面等候交通車。等車的地方就是在藝文界頗負盛名的明星咖啡屋，咖啡屋斗大的招牌寫著「明星西點咖啡」。

與明星咖啡屋隔著一爿店鋪的是一家叫好味道排骨大王的老餐廳，專賣豬排、魚排、雞腿麵飯，但也提供家常小菜。這家餐廳分一、二樓，店面老舊，進門處就是廚房，炸過的雞腿在大油鍋邊疊得高高的，也是奇觀。餐廳談不上服務，不時還可聽到服務生的吆喝聲，熱鬧吵雜，別有情趣。由於是老牌餐廳，客源固定，加上其麵飯頗有特色，價位平民，因此生意不錯。我用餐保守，幾乎每次都點魚排飯與魚頭豆腐湯——其實就是味噌湯。有時候我也加點豬血、豆干之類的小菜。好味道的魚排不裹玉米粉，多半還帶大骨，直接下鍋油炸，保留了魚鮮味。魚排飯以大碗裝，除魚排外，飯上還附雪菜或切成小段的青江菜。重要的是淋上稠而不油的滷肉汁，相當下飯。魚頭豆腐湯的味噌濃淡恰到好處，豆腐與切塊魚頭絕不少給，撒上蔥花，至今令我難忘。

吃過中飯後，我就到明星咖啡屋的騎樓等候交通車。騎樓其實就是周夢蝶先生的書攤。那年頭臺北還沒有金石堂，沒有誠品等大型連鎖書店，與武昌街交界的重慶南路是臺北——也是臺灣——最大的圖書聚散地，光在這兒就有十來家規模不小的書店。重慶南路的騎樓也有一些書報攤，少數幾家還兼賣農民曆或錄影帶——那時候個人電腦還不普遍，當然更沒有光碟。

周先生的書攤不外就是幾排書架，靠著明星咖啡屋的外牆和柱子直立著，上面擺滿了書籍，有新有舊，其中詩集不少。這是一大特色。周先生多半會在書架旁靜靜坐著，或看書，或寫字，或靜觀人來人往。有時候他人卻不見踪影，也未見有人代為看顧書攤。我就曾經有過想要買書卻無處付錢的經驗。由於學校的交通車無法等人，我只好把書放回書架去。

有幾次我還見到一、兩位年輕人跟周先生講話，看起來屬於好奇心重的文藝青年。余光中老師說那些年周先生是「武昌街的街頭導師」，指的大概就是這個景象。我那時早已過了文藝青年的年齡，每日東奔西跑，為生活勞碌，加上個性靦覥，雖然幾乎每週都會見到周先生，還不時向他買書，不過我始終謹守身為讀者與顧客的分寸，從來沒有打擾過他。這樣的情形大約維持了一年光景，有一天又去明星咖啡屋騎樓等車，我發現周先生不在，書架也不見了。那以後很多年我就沒再見到他，這些年來有關他的消息或動態我都是從報章或友人處得知的。

二〇一三年三月二十四、二十五日兩天，在國立臺灣大學有一場「觀照與低迴：周夢蝶手稿、創作、宗教與藝術國際研討會」，我在第一天的研討會上見到周先生，距上次看到他相隔已經三十多年，周先生已經高齡九十二歲，而我也已微入老年了。後來讀到曾進豐教授為周先生所編的年表，我才知道那一年（一九八〇年）周先生是因為胃潰瘍、十二指腸堵塞等病痛動了手術，而不得不結束他二十一年的書攤生涯。

## 二

二〇一三年三月二十四日在「周夢蝶手稿與創作文物展」現場看到畫家陳庭詩先生為周夢蝶先生所攝的一張造像，我才想起當年在武昌街明星咖啡屋騎樓偶爾也會見到周先生在書架旁閉目養神，甚至看起來似乎進入禪定的狀態，尤其在冬日午後。在陳庭詩先生這幀攝影作品中，老詩人身上裹著厚重的長大衣，頭戴毛製帽子，斜靠在騎樓柱子與書架之間，彷彿真的入睡了，絲毫無視於武昌街路窄車多，騎樓更是過路人熙來攘往。顯然這是冬日才能見到的景象。只是不知道在這幀造像中，周先生的睡姿是擺出來的呢，還是無意中被陳庭詩先生捕捉到的？不過我確實有幾次親見周先生坐在書攤上閉眼入定的情景。這時候我即使看上了什麼好書都不忍吵醒他。這是一種很奇怪的互動。

陳庭詩先生以現代版畫與鐵雕知名，為詩人老友，即詩人在《風耳樓墜簡》書中所說的「耳公空空道人」，並稱譽陳先生「多情，銳感，兼有山人之蕭散與劍人之俠烈，為二十世紀少有的耿耿不寐的夜眼之一」。周先生於二〇〇六年出版的詩集《約會》「輯一」總題為「陳庭詩卷」，副題「為耳公陳庭詩兄鐵雕展作，即以其題為題」。此輯收詩八首，其中〈蝕〉一首又分「之一」、「之二」、「之三」三首。

這些詩中不乏傳誦一時之作。譬如〈詩與創造〉一詩將詩人與上帝等量齊觀，雖非新見，但最後一節突發奇想，又刻意要讓詩人與上帝互比高低，就像兩個孩子在母親跟前爭寵：

上帝與詩人本一母同胞生：
一般的手眼，一般的光環；
看！誰更巍峨更謙虛
誰樂於坐在誰的右邊？

另一首〈約翰走路〉則以施洗者約翰的故事（見《新約．馬太福音》14：1－13）敘寫義人之寂寞孤單：

血！終不為不義流。
拋一個只有過來人纔深知冷暖的淺笑
那人漸行漸遠漸明滅如北斗
手裡挾著自己的頭顱

詩人好友的陳庭詩先生為福建人，生於一九一五年，童年時失聰，對日抗戰期間曾以「耳氏」為筆名發表木刻版畫，此或為周夢蝶先生所稱「耳公」

一辭之由來。陳先生於一九四五年抗戰勝利後來臺，次年擔任日本據臺時期著名作家楊逵先生創辦之《文化交流》之客編。一九四七年二二八事件後回返福建，一九四八年再度來臺。一九五八年參與創辦現代版畫會，以版畫與鐵雕著名。陳先生於二〇〇二年以八十七高壽病逝於臺中縣太平市。

二〇一四年五月於臺北

【附記】

詩人周夢蝶先生本名周起述，一九二一年二月十日生於河南省淅川縣馬蹬鄉，二〇一四年五月一日下午二時許因多重器官衰竭病逝新北市新店慈濟醫院，享年九十三歲。周先生著有詩集《孤獨國》、《還魂草》、《約會》、《十三朵白菊花》等數種，其作品多收入《周夢蝶詩文集》三卷。另外目前最齊全的當屬曾進豐教授編纂的五冊《夢蝶全集》（二〇二一）。

# 幾度秋涼：陳鵬翔

喝些啤酒，吃點小菜，聽大家高談詩壇近事，或者月旦天下人物，「一壺濁酒喜相逢，古今多少事，都付笑談中」，現在細想起來，當時的場景還真的有那麼一些類似的味道。

二〇二四年九月十三日晚檢看當日電郵，在一堆郵件中發現國立臺灣師範大學英語系的群發來信，告知系上退休老師陳鵬翔教授已於九月二日往生，我才知道又一位老友走了！幾年未見，驚聞噩耗，心中難免感傷。陳鵬翔是學界熟知的名字，而為文壇更熟悉的則是他的筆名陳慧樺。他以詩名，創作不輟，著有《多角城》、《雲想與山茶》、《我想像一頭駱駝》、《在史坦利公園：人文山水漫遊》等幾部詩集；也出版過散文集《板歌》。在學術上，他是早期在臺灣接受比較文學訓練的學者之一，在主題學方面著力甚深，專書有《主題學理論與實踐》，並主編《主題學研究論文集》一書。他也有若干論文探討臺灣現代詩，對馬華文學——尤其是詩和小說——更是時多關注，這方面的論文多已收入鍾怡雯與陳大為主編的《馬華文學批評大系：陳鵬翔》卷。這本文集討論了姚拓、商晚筠、小黑等的小說，以及吳岸、陳大為等的詩創作；除商晚筠與陳大為外，其他作家與詩人未必為臺灣讀者所知悉，文集中的論文對拓展臺灣讀者的馬華文學視野幫助不小。

其實陳鵬翔與馬華文學的淵源頗為深遠。他出生於一九四二年，正值太平洋戰爭日據馬來半島三年八個月期間。在那三年八個月裏，日本軍國主義者但知燒殺擄掠，壞事做絕。陳鵬翔就在襁褓中度過那段苦難的歲月。日本投降後兩三個星期，日據時逃跑的英國殖民者又回來了。大約在他上小學的時候，一九四八年，殖民政府宣布新加坡和馬來亞進入警急狀態（State of Emergency），目的在勦滅馬來亞共產黨。陳鵬翔成長的居林小鎮位於馬來半島北部吉打州的南方，左鄰檳城州的威斯利省，東北鄰華玲縣，該縣有個小鎮也叫華玲，距居林不遠。華玲在馬來亞的歷史上曾經扮演過關鍵性的角色。一九五五年十二月二十八日與二十九日，仍在英國殖民統治下的馬來亞聯邦自治政府與馬來亞共產黨就在華玲英文學校舉行會談，只不過彼此各有盤算，雙方條件難以妥協，會談最後終究破裂。後來的發展是，馬共迅即退入森林，繼續其反殖反帝鬥爭，馬來亞聯邦則在一九五七年八月三十一日脫離英國獨立。此時的陳鵬翔已經十五歲，應該是初中三或高中一年級的學生，短短的十五年竟然經歷了日本佔領、英國殖民及國家獨立等歷史進程。不知道少年陳鵬翔那時候從長輩那兒聽來的是怎樣的故事？我們大部分人都無法選擇歷史，反而是歷史選擇了我們。就像一九九五年，他在〈在新城望月〉一詩結束時，以疑問總結其對歷史的無奈：

局促在歷史的陌生與熟稔之間
你們狂想歌吟甚麼樣的聲籟？

陳鵬翔於一九六四年秋天買棹來臺，就讀於臺灣師大英語系。來臺的前一年，一九六三年九月十六日，馬來亞結合了新加坡及跨越南中國海，位於北婆羅洲的砂拉越與沙巴，組成一個新的國家：馬來西亞。國家又換上了一個新的名字。可是不旋踵間，僅僅約兩年後的一九六五年八月九日，新加坡被迫退出馬來西亞，在倉皇中獨立建國，這是盡為人知的歷史了。一九九五年，陳鵬翔另外有詩〈我坐在一間旅館窗前〉，吟誦的就是新加坡的故事。詩的最後一節饒富後殖民的批判意識：

我坐成紅燈碼頭的一棵樹
見證黑人白人黃種人逐潮汛而來
挾帶洋槍大炮和文明
舯舡上的苦力斜乜著高樓大廈上的夜色
卸貨的嘿嗬呼應珍珠巴剎的喧嘩
叢林裡群眾大會上的鬥爭
終於把殖民主趕出了這塊土地

把光燦的陽光還給了我們人民

紅燈碼頭與珍珠巴剎（市場）皆為新加坡著名地標，這一節詩語言相當生活化，幾乎每行詩句都緊扣新加坡——乃至於東南亞——在帝國強權下奮力圖存、頑強鬥爭的歷史。

陳鵬翔來臺之前其實已有文名。一九六〇年代初馬華文壇有一批年輕作者在不同地區結社冒現。在馬來半島北部的居林有海天社，中部的吉隆坡有荒原社，南部的麻坡有新潮社，而在檳城則有銀星詩社。銀星頗受當時臺、港現代詩的啟發，專注於推動現代詩的創作與評論，詩社名稱甚至出於覃子豪先生的建議，正好呼應臺灣當時已有的藍星詩社。其他如海天社、荒原社及新潮社則並未獨尊現代詩，其社員之創作涵蓋各種文類。在這幾個文社中，要數北馬的海天社最為活躍，其社員甚至來自鄰近居林的美農與大山腳等城鎮。陳鵬翔即為海天社的一位重要成員。其他我早年或後來較為熟知的社員還包括慧適、梁園、蕭艾、憂草、冰谷、游牧、淡瑩、宋子衡、菊凡、北藍羚（日後改用筆名艾文）等。海天社下設有海天出版社，以出版社員的作品為主；同時還創辦了《海天月刊》，除刊登社員的創作外，園地也對外開放。此時國家初獲獨立，馬來人民族主義尚知節制，種族政治仍不似今日這樣鋪天蓋地、無孔不入，因此在海天諸君子筆下，對未來社會的憧憬明顯多於對當下現實的反映，他們的詩文不少歌頌勞動，熱愛鄉土，透露著對多元種族與多元文化新興國家的美麗想像。若干年後我有機會重讀海天社部分詩友的詩作，我總覺得他們當年的有些詩作浪漫多於寫實。

陳鵬翔此時二十歲上下，熱衷於文學創作，詩作產量尤其豐碩。據我所知，他那時候與主持《學生周報》編務的姚拓與白垚，以及《蕉風》月刊的主編黃崖等已有往來，是一位頗受期待的文壇新人。一九七六年夏天我回馬來西亞省親，路經吉隆坡，姚拓和白垚還向我探聽他的近況。不過在一九六〇年代初期，陳鵬翔在忙於創作之餘，隱然對當時的文學環境似乎已經心存疑慮——當時的馬華文學意識形態環境在相當程度上仍受制於所謂的現實主義。這個現實主義既有文學的寫實主義，也有附帶政治議程的社會主義的寫實主義。那時在馬來半島不同地區之所以成立了好幾個文藝社團，許多年輕作者無非有意另闢蹊徑，走出那樣的文學意識形態環境。一九八九年，陳鵬翔發表其論文〈寫實兼寫意——新馬留臺作家初論〉，文中即提到其時他的疑惑與觀察。他回憶說：「在六十年代初期，當時我在北馬負責《海天月刊》的編務時，我即覺得當時的年輕小說家如宋子衡與梁園等，早就不耐於把脖子縛在寫實主義的框軛下；他們開始在小說裏利用象徵，編織夢幻的場景和利用意識流的手法等。」他說的寫實主義，即常被其信仰者所樂稱的現實主義。

這也說明了何以陳鵬翔於一九六四年負笈來臺，第二年就加入他抵臺那一年夏天成立的星座詩社，並開始在《星座詩刊》發表創作，詩風也與其海天社時期者大異其趣，輕易可以被納為時人所泛稱的現代詩。二〇一四年黃錦樹、張錦忠及李宗舜出版他們合編的《我們留臺那些年》，曾收入陳鵬翔的敘事散文〈星座、噴泉與大地〉，他在文中回憶參與或創辦這幾份詩刊的始末，具有臺灣現代詩史的意義。他指出《星座詩刊》為先他來臺的畢洛、林綠、張錯（翺翺）、王潤華、葉曼沙、陌上桑等所創辦，另外加上本地詩人如藍采、陳世敏與方鵬程等。因此他想澄清，星座詩社「並未如一般人所說的，它純粹是一個全由僑生所組成的團體。事實上，社員僑生佔了三分之二名額，本地生（詩人）佔了三分之一。」社員中藍采甚至還是軍人。

我來臺前只知陳慧樺其名，其實不識本名陳鵬翔其人，當然主要是讀過他以筆名發表的若干詩作，包括他來臺後在《星座詩刊》刊登的作品。不過我相信在一九六〇年代末當我參與《學生周報》與《蕉風》月刊的編務後，我們應該偶有通信聯絡。《學生周報》不說，我找到《蕉風》月刊二〇五期（一九六九年十一月號）的「詩專號」，這一期另附贈有《星馬詩人作品》增刊小冊，收入詩人二十五家，每家僅收詩作一首，其中就有陳鵬翔與其作品〈一元論者〉。詩分四節，共三十八行，意象紛然眾多，近乎當時臺灣常見的現代詩，或可算是高度現代主義之作，固然早已不見其海天社時期的面貌，而與其一九九〇年代後選擇生活化語言之作品也無法同日而語。此外，《蕉風》月刊二〇九期（一九七〇年四月號）的文學譯介為法國詩人亨利．米修（Henri Michaux）專輯。當時《蕉風》月刊四人編輯之一的牧羚奴（陳瑞獻）——其他三人除了我，另有姚拓與白垚——還為這個專輯繪製了一幅亨利．米修的枯筆畫像搭配刊出。陳鵬翔在這個專輯中共譯介了三篇作品：〈關於亨利．米修〉、〈詩人旅行〉，以及〈亨利．米修作品選譯〉。當時組稿——特別是馬華作家的來稿——和稿件發排是我的工作，因此我若與遠在臺北的陳鵬翔聯絡也是分內的事。

我一直到一九七〇年秋天來臺後才跟他真正認識，可能是師大噴泉詩社活動的關係，或者經由我們的共同友人余崇生之介紹，當時他應該已在臺大外文研究所念碩士。早年我們往來較為頻繁，不過都在不同階段的學生時代，多半也只能見面聊天，那個年代朋友之間餐敘或喝咖啡仍不常見。一九七五年秋季開學以後，我在如今國家圖書館旁的臺北市立弘道國民中學實習教書，最先租用潮州街一間日式老房子在院子中加蓋的單間小房，有床有桌椅，浴廁則與主人共用。沒料到那間小房就處於十字路口旁邊，夜裏有車子經過，開車的人總習慣性地猛按喇叭示警。我幾乎夜夜數度被喇叭聲驚醒。強忍了數月之後還是決定搬家。如今我也忘了，究竟是在什麼情形之下我搬進陳鵬翔所住公寓的一間空房，那是在一九七五年底或七六年初的事。那時陳鵬翔已經成家，而與我隔房分租的還有高天恩。天恩應是學成回國不久，除在臺大外文系任教，也在政治大學西洋語文學系兼課，單德興、張聲肇、張力、周素鳳等都是他在政大的學生。陳鵬翔那時也已在師大英語系擔任講師，同時在臺大外文研究所博士班念比較文學，應該已在撰寫博士論文階段。我在一九七六年秋天考進臺大外文研究所碩士班，隔年秋天在朱炎老師的引介下，我到中央研究院美國文化研究所（一九九一年易名歐美研究所）擔任約聘僱助理。因此大約在一九七七年年底前後我就離開鵬翔的住處，遷居南港中央研究院附近。

算算我在鵬翔那兒也租住了一年半到兩年之久，跟他和天恩幾乎天天見面，雖然各忙各的，四十多年後回想起來，卻也留下不少零星的記憶。我在那兒認識了天恩，其實也差不多同時與李永平認交。永平與鵬翔和天恩兩人都是臺大外文系舊識，他那時候尚未到美國念書，而在外文系當助教，主要負責《中外文學》的編務。他時不時會到鵬翔住處，也不見得有什麼要事，通常是不告而來，主要探望鵬翔與天恩，多半也只是喝啤酒聊天。其時我偶爾還寫寫詩，有一次寫了兩首，就給了永平。不久他就把詩刊登在《中外文學》上。等我入讀碩士班時，永平就已遠赴美國深造去了。

那一兩年間有時也很熱鬧。林綠那時剛獲得博士學位，應聘任教於師大英語系。他來臺念書之前在新馬已有詩名，大學時又與陳鵬翔同屬星座詩社社員，兩人熟識多年。因此林綠也會不時造訪鵬翔。有時候羅門和蓉子也會過來，有幾次楊牧剛好在場。當時楊牧在臺大擔任客座教授，在比較文學博士班授課，鵬翔可能上過他的課。我若沒有外出，也會加入餐敘，喝些啤酒，吃點小菜，聽大家高談詩壇近事，或者月旦天下人物，「一壺濁酒喜相逢，古今多少事，都付笑談中」，現在細想起來，當時的場景還真的有那麼一些類似的味道。那時常在陳鵬翔住處走動的還有一批大地詩社的社員。我並未加入大地詩社，現在也忘了是否曾經在《大地詩刊》發表詩作。詩社應該是借用鵬翔的公寓客廳開會，除老友余崇生外，我也因此認識了李豐楙、古添洪、秦嶽、林鋒雄等詩友。在我移居南港之後，除李豐楙和古添洪外，其他當初結交的大地詩社詩友就沒再見過面。甚至師長輩的童山，即不久前以耆壽離世的師大國文系的邱燮友老師，後來也似乎難得一見。

當然，在我自己有了家室之後，教學、研究、行政及各種名目的專業服務讓我多頭忙碌，我與鵬翔最常見面的場所反而是學術研討會。此外就是每年《文訊》所主辦的重陽文藝雅集，只是可能由於健康或疫情的關係，過去兩三年我在雅集上遍尋已經不見他的蹤影。

最後一次我們真正坐下來一起餐敘還得歸功於張錯的貼心安排。如果我沒記錯，那是二〇一六年六月十六日的傍晚，張錯邀約了我、林綠及陳鵬

左起：陳鵬翔、李有成、楊牧、羅門，一九七七年左右

翔，在濟南路臺大校友會館的蘇杭小館小聚。那是新冠疫情之前，張錯春秋兩季向例像候鳥那樣，從洛杉磯飛回到臺北，在臺北醫學大學擔任講座教授兼人文藝術中心主任。他在臺北時我們經常相約吃飯喝咖啡，只是他與林綠和陳鵬翔也已多年未見。這也是這麼多年來我們四個人首次相聚，一晃眼間，我們都已是七十開外的人了。我和張錯後來不時談起，那次歡聚真是十分難得。世事難料，過了兩年林綠突然走了；不久之後就是疫情來襲，有幾年國際行旅險阻重重，這期間我與張錯也只見過一兩次面。如今陳鵬翔也跟著遠行了。二〇一六年初夏那次老友相聚已成絕響！

中秋節前夕中午我去為鵬翔送行，當年友人就來了李豐楙、古添洪及遠從桃園包車趕來，也是久未謀面的余宗發。我們都是熟人，四個人就以學界好友的名義一起向鵬翔行禮告別。夜裏思前想後，一時難眠，遂留話遠在洛杉磯的張錯，沒想到他即時回傳留言，也是由於思潮起伏，而以黃庭堅詩句「桃李春風一杯酒，江湖夜雨十年燈」感歎抒懷。我們大半生棲身學界，又以詩相交，桃李春風也罷，江湖夜雨也罷，即使身後寂寞，俱往矣！我倒是想起蘇東坡被貶黃州時，中秋時節感懷身世，而在〈西江月〉這闋詞中填下的極富深意的簡單詞句：「世事一場大夢，人生幾度秋涼。」在秋節前夕送別鵬翔，無常世事，冷暖人情，最是令人感傷！

二〇二四年九月十七日中秋節於臺北

# 一介布衣：李永平

那一天我走出淡水車站的一號出口，見永平和錦忠、貴興、嘉謙等幾位已在那兒等候，我和永平雙雙趨前握手，永平第一句話就說：「有成，一生孤老啊！」

李永平棄世倏忽間已經一個多月了，在繁忙中偶爾想起他，我內心仍不免泫然，很難接受他業已不在人世的事實。我的手機上仍保存著不少他的留言，重讀這些留言，不免有隔世之感。二〇一七年八月八日星期二這一天傍晚六時五十分，永平突然傳話給我：「有成，何時去波士頓？要待多久？永平」。我立即留言答覆，他繼續提醒我：「有成，你年齡也大了，要保重身體哦！」這些話他跟我說過不只一次，在養病中仍不忘要我注意身體。赴波士頓前夕，我、封德屏及吳穎萍去淡水看永平，主要是為了協調更換看護這件事。我們待了一個多小時，永平雖然身體虛弱，但是有說有笑，看來是在康復之中。他還是不忘勸我不要到處奔波，多留些時間寫作。這是我最後一次看到還能談笑風生的永平。九月十七日清晨我從波士頓回到臺北，還來不及休息，就看到德屏留言，表示永平情況危急，救護車正奔往醫院途中，而且不是為他動手術的臺大醫院，而是距淡水最近的馬偕醫院！等我趕到醫院時，永平已經插管，意識不清了。才半個月不見，變化竟然這麼大，這是我始料未及的。

認識永平時我們都還年輕，那時他尚未赴美深造，在臺大外文系當助教，負責《中外文學》的編務。那是一九七六年左右。我在弘道國民中學教英文，分租老朋友陳鵬翔在羅斯福路巷子裏的住家，隔房而居的則是高天恩。永平與鵬翔、天恩都是舊識，因此不時會到鵬翔那兒走動。我們就是在這種情形之下熟識的。那時永平早已發表了他的成名作〈拉子婦〉，同時正準備出版同名的第一部小說集。我則偶爾寫寫詩，有兩首還被他拿去《中外文學》發表。這一年秋天我進入臺大外文研究所念碩士，永平卻已遠赴美國讀書。一去六年，一直到一九八二年取得博士學位後，才應聘到國立中山大學任教。這六年中我們並無聯絡，甚至他到高雄任教後，不知道為什麼，我們也難得見面。不過我始終記得這位朋友，一九八六年他出版《吉陵春秋》，我也買來認真讀過。

再見到永平已是一九八九年的秋天。我從杜克大學研究一年回來，經朋友介紹，每週六下午到聯合報系大樓參與《美國新聞與世界報導》（*U.S. News and World Report*）的翻譯工作。永平在一九八六年就早先於我加入這份週刊的翻譯團隊。他其實是位重要的譯者，大學畢業後就從事翻譯，一生譯書不下三十種，固然有些是通俗書籍，其中卻也不乏文學名著，像奈波爾（V. S. Naipaul）和保羅．奧斯特（Paul Auster）等著名作家的作品。只是永平似乎不太願意提起他的翻譯生涯，我在他淡水住家只看到寥寥數種他的譯作。《美國新聞與世界報導》立場保守，臺灣中文版與美國版同時出刊，中文版主其事者為張繼高（吳心柳）先生。每週六中午左右，整個翻譯團隊就會進駐忠孝東路四段的聯合報系大樓，通常就在那裏用餐。餐後週刊的英文稿就一份份陸續從美國傳到臺北。其時雖然已有電腦，但是網際網路還不發達，稿件必須藉由傳真送來，由我們分頭翻譯，傍晚之後，進來的稿子越來越多。那時寫作還屬於手工業，我們的譯稿都寫在稿紙上，沒有人使用電腦。這一忙往往要到凌晨三、四點，交出自己負責的最後一篇譯稿後，我們才能夠離去。週刊必須在週日清晨編妥印製，趕在週一與美國版同時出刊。每個週六凌晨我坐上計程車，看到忠孝東路車來人往，心中只想著趕快回家睡覺。

《美國新聞與世界報導》的譯者群不乏翻譯高手，如我的好友高天恩、廖咸浩、彭淮棟、林茂松等，在這群譯者中永平資歷最深，譯筆既快又好，週刊的社論等重要文章多半由他主譯。這段期間雖然我們每週六都會見面，但是工作時分秒必爭，除了招呼問好之外，難得有時間閒聊。如果我沒記錯，我們在《美國新聞與世界報導》共事時，永平應該已經離開中山大學，他洋洋五十萬言的小說《海東青：臺北的一則寓言》（一九九二）也已開始在《聯合副刊》連載。最近幾年我和永平偶然談起在聯合報系大樓通宵達旦工作的日子，我們都很清楚，那純粹是為了生活。永平淡水的住處還留有兩套中文版週刊的合訂本，我身邊卻已找不到這份雜誌了。

一九九〇年《美國新聞與世界報導》中文版在出版三年之後，因銷路問題宣告停刊，我和永平又有一段時間沒再見面。一九九二年《中外文學》創刊二十週年，臺大外文系在濟南路的臺大校友會館舉辦紀念茶會，我去參加了，意外地見到永平。其實想想並不意外，他早年一度擔任《中外文學》的執行編輯，人又在臺北，他的出現是順理成章的事。茶會結束後我們同時離開校友會館，沿著濟南路走，又轉進中山南路和青島東路，到館前路才分手。我們一路聊，除了互道近況之外，我只記得他告訴我說他住在西門町。聽他這麼說還真令我有些訝異。西門町儘管龍蛇雜處，住西門町、靠西門町生活的大有人在，其實也沒什麼。問題是，永平為寫《海東青》而不惜離開臺北的家，遠赴南投山區像苦行僧那樣閉門創作，西門町如何可能是適合他寫作的環境呢？不過那幾年他還真的完成了《朱鴒漫遊仙境》這部小說。

我跟永平較常見面是他到國立東華大學任教之後。我到東華多半是為公務，或演講，或評鑑，或評審，或參加研討會，有時過夜，有時當天來回。活動結束後向例會有餐敘，永平幾無例外都會在這個時候出現。吃飯時他啤酒一杯杯下肚，中途會突然不見，原來是到餐廳外面抽煙去了。早幾年我到花蓮都是搭乘飛機，飯後有時候永平就開著他那輛紅色跑車送我去機場，不然就由傅士珍幫忙接送。在往機場的路上，我和永平多半聊些生活近況。我隱約覺得他在東華大學適才適所，生活相當充實，教學與創作都很有成就。《雨雪霏霏》（二〇〇二）與《大河盡頭（上卷：溯流）》（二〇〇八）都是在這個階段完成的。他煙癮大，路上我不時勸他要稍稍節制。

後來再聽到永平的消息時他已經自東華大學退休，人就住在淡水。我心想這樣子要找他就方便多了。二〇一一年九月二十四日，東華大學空間與文學研究室和英美文學系主辦「李永平與臺灣／馬華書寫：第二屆空間與文學學術研討會」，地點在臺大文學院的演講廳，我受邀發表論文，討論永平初露鋒芒之作《婆羅洲之子》（一九六三）。我原本以為可以在會場見到永平，結果他沒出現，打聽之下才知道他動了心臟手術，還在靜養復元之中。我知道永平獨居，當下就覺得應該給予這位老友多一些關懷。這些年來我未主動聯絡永平，原因並不複雜，除了自己生活忙碌之外，我總覺得他身邊同事與學生不少，何況他潛心寫作，我不了解他的作息情形，因此很不願意打擾他的生活。我只偶爾讀到他的新作，注意到他在創作上如何力求突破。

研討會結束後，在高嘉謙的連繫下，我們幾位約好一起到淡水，永平邀我們一起餐敘。我記得那一天是二〇一二年十月二十七日，浩浩蕩蕩赴淡水的除了我，還有張貴興、高嘉謙，以及分別遠從埔里和高雄北上的黃錦樹與張錦忠。吃飯的海鮮餐廳就在有河書店附近，面向淡水河。餐後永平帶著我們穿街走巷，來到淡水老街的丹堤咖啡屋喝咖啡。那天難得大家相聚，天南地北聊得非常愉快。我只記得永平提到有意在寫作中的小說完成後返回砂拉越一趟，還不時向同鄉張貴興探聽返鄉的手續。

那一天我走出淡水車站的一號出口，見永平和錦忠、貴興、嘉謙等幾位已在那兒等候，我和永平雙雙趨前握手，永平第一句話就說：「有成，一生孤老啊！」我乍聽之下不知如何回應，只有緊緊握著他的手，當時甚至有點自責：這些年來何以吝於給這位老友更多的關懷？後來我才了解，他跟年輕時認識的朋友和大學同學幾乎沒有來往。他曾經在三所大學教書，只是一離開這些學校之後，過去的同事也像斷了線的風箏，很少再有聯絡。他是成名小說家，可是除了跟出版社的編輯稍有連繫外，在文壇上近乎孤鳥。再加上心臟手術後，他已經不煙不酒，過的是隱於市的生活，除了跑醫院，跟外界沒有什麼往來。後來我還發現，他連三餐都很將就。他的生活似乎就只剩下寫作。

自那一次聚會之後，我和永平的聯絡較為頻繁，有時透過電郵，有時打打電話，有時也相約吃飯或喝咖啡。我常到淡江大學參加學術活動，幾乎每一次都會約他見面。我在臺北邀約朋友餐敘，幾無例外都會邀他參加。有的朋友跟他熟了，見他沒有架子，不難親近，聚餐時也會請他參加。永平榮獲國家文藝獎時，德屏還特地在青葉臺菜本店設宴，邀集好友為他慶祝。黃英哲每次從名古屋回來，只要時間許可，都會設法邀約永平見面吃飯。我也曾經想要把他年輕時所交的朋友找回來，結果只成功邀到高天恩。永平和天恩分別三、四十年後在淡水車站重逢的情景實在令人動容。今年六月間當年臺大外文系的另一位老友孫萬國從澳洲回來，天恩邀我們餐敘，我告訴永平，可惜他已經身體不適，而與萬國終究緣慳一面。在永平生命的最終幾年，這些餐敘之類的交誼活動多少為他原本孤寂的生活帶來了些許變化；而當他在病榻上為生命搏鬥的最後幾個月，這些舊雨新知就如家人那樣，無怨無尤地為他四處奔波，協助他，照顧他，為他祈福，使他在世時留下的身影不致那麼孤單。這一切倒是我原先所沒想到的。

李永平，淡水，二〇一三

永平生命的最後幾年也是他在創作上的豐收期。他先後獲得了廣東中山市所主辦的第三屆「中山杯」華僑華人文學獎評委會大獎、臺灣的第十九屆國家文藝獎、第四十屆金鼎獎圖書類文學獎、第六屆全球華文文學星雲獎貢獻獎，同時還獲頒第十一屆臺大傑出校友獎。永平對榮獲國家文藝獎特別高興，他將之視為臺灣文學界對他的接納與肯認。臺大傑出校友獎也令他感到振奮，他認為那是他的母校最終對他的肯定。他甚至遠從新加坡趕回臺北接受這份榮譽，當時他正在新加坡南洋理工大學擔任駐校作家，這也是他很珍惜的一份榮譽。在他赴新加坡之前，任教於名古屋愛知大學的黃英哲申請到一筆經費，想邀永平到日本訪問，由我作陪，並已安排了若干活動。永平常說《朱鴒書》（二〇一五）深受宮崎駿的影響，希望有朝一日有機會到日本拜會宮崎駿，甚至與他對談。可惜因為他已事先答應南洋理工大學而錯失這次日本之行。

不過在這之前他倒是去了一趟中國大陸，那是為了領取「中山杯」華僑華人文學獎。行前永平請我到溫州公園旁的皇城滇緬餐廳吃飯，我把在臺大備課的高嘉謙也找了過來。永平表示他想到中山市領獎，而且徵詢過醫師，醫師也同意放行，不過必須有人與他同行。他希望我能陪他一道去。我一時之間還真的有些猶豫，主要擔心他的身體狀況是否適合長途飛行；而且我深知大陸類似的場合會有不少酬酢宴飲的活動，深怕永平無法負荷。不過我看他赴廣東的興致甚高，而且醫師已經同意，我當然樂於與他同行。永平甚至還想一遊三峽，我和嘉謙連說萬萬不可，三峽之行日後有機會可以另作安排。

二〇一四年十一月十日一早，我事先叫了一部車子，到淡水接永平同赴桃園國際機場。永平說他剛剛寫完《朱鴒書》，終於可以放下心頭的懸念。我們飛抵廣州白雲機場時，竟然在機場碰到夏曼．藍波安，他直接從上海飛到廣州。在中山市的四天三夜裏，永平必須連續參加頒獎典禮、宴會、座談、參訪、媒體專訪等活動，行程緊湊，我擔心他過度勞累，不斷要他放鬆心情。有的宴飲場合只安排獲獎者出席，永平出發前我只能一再叮嚀他要節制酒量，也提醒接待人員隨時注意他的狀況。有趣的是，在中山市那幾天，主辦單位從上到下，幾乎每一位都稱我「李醫師」！

永平給過我一張他的名片，上面沒有什麼頭銜，名字右下方只印上「一介布衣」四個小字，這應該是他對自己最簡明的界定。我和永平認交四十年，我們相知相惜，互敬互重，尤其在他晚年，我算是他較談得來的朋友。他除了教書、翻譯，投身文學創作超過半個世紀，甚至在病榻上，他念念不忘的仍是他那部尚未完成的武俠小說《新俠女圖》(二〇一八)。他臥坐在醫院病床上奮力直書的情形至今歷歷在目。他告訴我寫完《新俠女圖》後，還想寫一部以明代為背景的歷史小說，可惜現在都不能實現了。他是位令人懷念的人，他走後我不時想到究竟要如何描述我這位老友。也許永平最了解自己，「一介布衣」可能是他最好的寫照。

二〇一七年十一月七日於臺北

# 作者簡介

## 李有成

曾任中央研究院歐美研究所特聘研究員兼所長，現任該所兼任研究員、中國現代文學學會理事長、傑出人才發展基金會執行長。退休前曾任國立臺灣大學與國立臺灣師範大學兼任教授、國立中山大學合聘教授，另曾擔任中華民國比較文學學會理事長；先後獲得國科會（含科技部）三次傑出研究獎、教育部學術獎等，並膺選為國立臺灣師範大學第八屆傑出校友。其學術近著有《在理論的年代》、《踰越：非裔美國文學與文化批評》、《他者》、《離散》、《記憶》、《和解：文學研究的省思》、《馬華文學批評大系：李有成》、《歷史的魅影：文學與文化研究集稿》等。另著有散文集《在甘地銅像前：我的倫敦札記》、《荒文野字》、《詩的回憶及其他》及詩集《鳥及其他》、《時間》、《迷路蝴蝶》、《今年的夏天似乎少了蟬聲》等。

AK00441

# 離開漁村以後


作　者——李有成
「浮羅人文」書系主編——高嘉謙
主　編——何秉修
校　對——Vincent Tsai、曾嘉琦
企　劃——林欣梅
封面設計——張珈釩

總編輯——胡金倫
董事長——趙政岷
出版者——時報文化出版企業股份有限公司
一〇八〇一九台北市和平西路三段二四〇號七樓
發行專線——（〇二）二三〇六六八四二
讀者服務專線——〇八〇〇二三一七〇五
（〇二）二三〇四七一〇三
讀者服務傳真——（〇二）二三〇四六八五八
郵撥——一九三四四七二四時報文化出版公司
信箱——一〇八九九臺北華江橋郵局第九九信箱
時報悅讀網——http://www.readingtimes.com.tw
時報文化臉書——https://www.facebook.com/readingtimes.fans
法律顧問——理律法律事務所　陳長文律師、李念祖律師
印　刷——勁達印刷有限公司
初版一刷——二〇二五年三月二十一日
定　價——新台幣三六〇元




時報文化出版公司成立於一九七五年，
並於一九九九年股票上櫃公開發行，二〇〇八年脫離中時集團非屬旺中，
以「尊重智慧與創意的文化事業」為信念。


書中圖片若無另外標註來源，皆為作者提供或拍攝


離開漁村以後 / 李有成著 ; -- 初版 . -- 臺北市 : 時報文化出版企業股份有限公司 , 2025.03
面；　公分
ISBN 978-626-419-279-8( 平裝 )

863.55　　114001910

ISBN 978-626-419-279-8
Printed in Taiwan